KB143431

2019년 대표에세이 수필모음집

나는 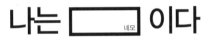 이다

초판 발행 2019년 11월 9일
지은이 대표에세이문학회
펴낸이 안창현 **펴낸곳** 코드미디어
북 디자인 Micky Ahn **교정 교열** 오재령

등록 2001년 3월 7일
등록번호 제 25100-2001-5호
주소 서울시 은평구 갈현로 318-1 1층
전화 02-6326-1402 **팩스** 02-388-1302
전자우편 codmedia@codmedia.com

ISBN 979-11-89690-15-1 03810

정가 12,000원

이 도서의 국립중앙도서관 출판예정도서목록(CIP)은 서지정보유통지원시스템 홈페이지
(http://seoji.nl.go.kr)와 국가자료종합목록 구축시스템(http://kolis-net.nl.go.kr)에서
이용하실 수 있습니다. (CIP제어번호 : CIP2019039145)

나는 <u>네모</u>이다

우리는 무엇으로 사는가?

가을 밤, 음유 시인 호메로스의 이야기를 듣는다. 영웅들의 이야기도 깊은 어둠속에서 들으니 이리도 감미로울 수가 없다. 쉬이 잠이 오지 않는다. 오디세우스의 마음이 이러했을까. 더러는 알고 있고, 더러는 모르는 수많은 작은 곤충들의 울음소리가 애절하기도 하고 아름답기도 하다. 곤충들의 살아 남기위한 처절한 소리임을 알기에 마음이 아프다가도, 그 하나하나의 소리가 마치 하모니로 들리니 미안하게도 가을밤 음악회를 온 듯 숨죽여 감상하고 있는 중이다.

작은 곤충의 사회도 저러할진대 하물며 사람 사는 세상의 소리는 더하면 더했지 못하진 않을 듯싶다. 이번 대표에세이 동인지의 주제는 '나는 무엇이다'이다. 동인들의 모습이 궁금했다. 자신의 삶을 돌아 볼 수 있는 기회일 수 있다는 생각에 많은 이야기가 나올 것이라 예상했다. 우리의 예상은 적중했다. 동인들의 삶의 모습에서 아픔과, 외로움, 때로는 강인함과 당당함, 그런가하면 애절함과 배려, 사랑 등을 볼 수 있었다. 편편이 치열하면서도 아름다운 삶의 모습들이었다. 이번 동인지는 대표에세이 동인들의 또 다른 모습을 발견 할 수 있었던 소중한 장이라고 생각된다.

이별, 올해 우리 대표에세이 문학회는 참으로 아픈 시간을 겪어야 했다. 사람은 누구나 언젠가는 헤어져야 한다지만 너무도 갑작스런 세 분의 타계소식은 회원 모두의 가슴을 먹먹하게 했다. 조성호(1983년 등단), 김수봉(1984년 등단), 한석근(1988년 등단), 세 분은 대표에세이의 원로 동인들이다. 하여, 이번 대표에세이 동인지에는 세 분의 주옥같은 작품과 사진도 함께 실었다. 세 분의 작품과 따뜻했던 그 모습은 우리들의 가슴속에서 영원히 살아 숨 쉬고 계실 것이다.

뱃사람들을 유혹해 수많은 배들을 난파시켰던 세이렌의 아름다운 노랫소리, 종족 번식을 위해 목숨을 건 곤충들의 아름다운 울음소리, 자신에게 주어진 일에 최선을 다하며 더 나은 삶을 살기 위해 치열한 하루를 보내는 사람들의 모습. 이 세상을 살아가는 모든 생명체들의 사는 모습과 목표는 모두가 다르다. 하지만 '아름답다'라고 할 수 있는 공통의 모습들은 다르지 않다. 열심히, 소통하며 조화를 이루는 모습이야말로 진정한 아름다움의 모습이라고 할 수 있을 것이다. 이번 2019년 대표에세이 동인지가 바로 진정 '아름다운' 사람들의 모습이 담긴 글이리라.

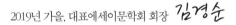

2019년 가을, 대표에세이문학회 회장 김경순

Contents

서문 _4

2
행 복 등

행복등 | 윤영남 46

허수 | 류경희 51

양손잡이 | 조현세 55

잠시 '나'였던 순간 | 김지헌 58

바람 | 정태헌 62

춤추는 풀 | 김선화 67

계단 | 박경희 71

전생에 바보였을까 | 청정심 75

꽃빛 잔결 | 김윤희 79

1
한 줄기 빛

'수필가'라는 이름 | 정목일 12

행복 전도사 | 김학 15

어머니의 헌시 비 | 이창옥 19

가을 | 지연희 22

밥 같은 외로움 | 권남희 26

그네 | 고재동 30

한 줄기 빛 | 이은영 35

벌써 노인이 되었나 | 김사연 38

메꽃 같은 여자 | 정인자 41

4
울보

선량한 피의자 | 전영구   118

울보 | 김기자   122

소소한 권력자 | 김영곤   126

어머부인 | 전현주   130

길치 | 김정순   134

어머니의 꿈 | 강창욱   139

화분 하나 | 신순희   142

중독자 | 박정숙   146

음치 | 최종   150

3
드라마

나홀로족 | 김현희   84

자연과의 교감 | 옥치부   88

별명 부자 | 김상환   92

드라마 | 곽은영   96

바람둥이의 아내 | 김경순   102

문주 | 허해순   106

보물단지 | 허문정   110

제로, 0 | 김진진   113

Contents

5
개구리

뒤끝 있는 여자 | 김순남 156

개구리 | 조명숙 160

대학생 | 백선욱 164

'레어' 스테이크 | 이재천 168

사람 거울 | 신삼숙 174

공무집행 방해자 | 정석대 178

안개꽃 | 송지연 182

2019
작고 문인
작품

재생인생 | 故조성호 188

물총새 한 마리 | 故 김수봉 193

산촌의 오두막 집 | 故한석근 197

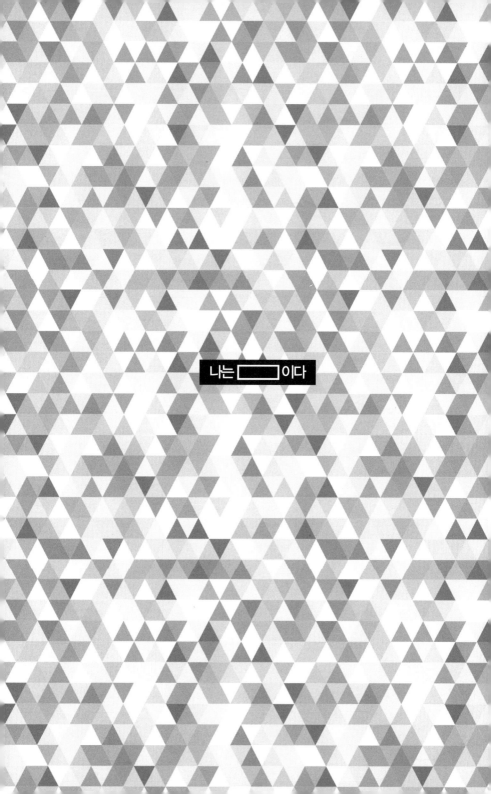

나는 [   ]이다

1
한 줄기 빛

'수필가'라는 이름

정목일

'나는 ▭ 이다'라는 명제의 수필을 써달라는 청탁을 받았지만 망설여진다. 아무리 궁리해도 '(수필가)이다'를 써넣을 수밖에 없다고 생각한다. 그 말밖에 생각나는 게 없다. 수필가로 평생을 살아왔으나, 독자들의 기억에 남을 수필 한 편이라도 있을지 알 수가 없어 부끄러움이 남아있긴 하다.

수필로 문단에 데뷔한 것은 1975년 한국문인협회가 발간하는 종합 문예지 『월간문학』을 통해서였다. 신인 작품 모집에 응모하여 수필부문 최초의 등단 수필가가 되었다. 그때의 연령이 서른 살이었다. 수필가들의 평균 연령이 50대 후반이었기 때문에, 가장 연소한 수필가가 등장한 셈이다.

당시에 '수필문학'에 대한 이해가 부족하여 폄훼하는 경향도 있었고,

주변에서 다른 장르를 택하는 게 좋다는 말을 듣기도 했다. 1976년 『현대문학』지 편집장이었던 조연현 선생으로부터 수필추천을 받았다. 「어둠을 바라보며」라는 작품으로 수필부문 첫 추천자가 되었다. 이로써 『월간문학』과 『현대문학』지의 최초 수필추천자가 되었다. 서울에서 멀리 떨어진 진주에 살고 있었기에, 문인들과 교류할 수 있는 환경도 되지 않았다. 작품을 쓰면 우편으로 보내고, 문학지에 게재될 날만을 기다리곤 했다. 서울과 진주는 천리 길이었지만, 수필부문 최초의 등단 수필가였기에 발표 지면이 많았다. 작품 발표의 기회가 많았기에 수필 문학에 빠져 들 수가 있었다.

'나는 ☐ 이다'에 '수필가'를 써놓을 수 있게 된 것을 다행으로 생각한다. 텅 빈 ☐ 속에 서슴없이 '수필가'를 써놓을 수 있어서 가슴이 뛰고 삶의 길이 펼쳐지는 듯했다. 비어있는 괄호 안에 무엇을 채워넣을까를 생각하곤 했다. 수필가가 되어 수필 쓰기에 골몰하면서 '나의 삶, 인생'에서 무엇을 발견하고 깨달음에 이르렀는지 생각하면 마음이 맑아진다.

마음에 묻은 '탐욕'이란 때를 씻어내고, '이기'라는 먼지를 털어내고, '어리석음'이란 헛됨을 닦아내야함을 느낀다. 마음에서 향기가 나야 인생에서 향기가 나지 않을까 한다.

문학 갈래 중에서 하필이면 알아주지 않는 '수필'에 매달려 있는가를 자책하는 사람도 보았지만, 나는 '수필'이 있음으로 행복감을 느낀다.

시, 소설, 희곡 등은 픽션이어서 '지어낸 글'이지만, 수필만은 체험을 바탕으로 한 진실이어서 자신에겐 더없이 소중한 영원장치가 아닐 수 없다. 수필을 통해 자신의 삶과 인생을 망각 속으로 흩날려 보내지 않고, 간직함으로써 삶에 대한 발견과 깨달음을 꽃피워낼 수 있다.

이순신 장군은 왜군의 침략을 물리치는 전쟁 중에도, 밤이면 촛불을 켜고 그 날에 벌어졌던 전투의 내용을 시발에서 종료까지 기록하면서, 반성과 함께 새로운 전술을 구상하곤 하였다.

'수필'을 예사롭게 생각하는 사람도 있을 테지만, '문학' 중에서도 가장 무게가 있는 장르가 아닐까 한다. 시나 소설, 희곡은 꾸며낸 픽션이지만, 수필만은 진실의 세계인 '논픽션'이기 때문이다.

수필을 '고백의 문학'이라 하는 것도 '나의 삶, 나의 인생'의 모습을 그대로 드러내는 '인생 경지'의 문학이기 때문이다.

'수필가'라는 이름은 예사로운 이름이 아니다. 수필의 경지는 곧 인생의 경지가 아닐 수 없다. 인생에서 향기가 나야 수필에도 향기가 나리라. 마음이 향기로워야 인생에서 향기가 풍길 것이다. 스스로 마음을 닦지 않으면 수필에도 향기를 낼 수 없으리라.

정목일 | 『월간문학』 수필 등단(1975년), 『현대문학』 수필 천료(1976년). 한국수필가협회 이사장 역임, 한국문인협회 부이사장, 연세대학미래교육원, 롯데백화점 본점, 한국문인협회 평생교육원 수필지도교수. 수상: 한국문학상, 조경희문학상, 원종린문학상, 흑구문학상, 남촌수필문학상, 윤재천문학상 등. 저서: 수필집 『남강부근의 겨울나무』 『한국의 영혼』 『별이 되어 풀꽃이 되어』 『달빛고요』 등 20여 권. E-mail: namuhae@hanmail.net

행복 전도사

김학

사람은 누구나 행복을 추구한다. 그렇다고 누구나 다 행복해지는 건 아니다. 나도 예외일 수는 없다.

행복론을 설파한 이들이 많다. 아리스토텔레스의 행복론을 비롯하여 쇼펜하우어, 러셀, 알랭, 헤르만 헤세, 칸트, 세네카, 공자, 김형석, 킬티, 아담스미스 등 행복론을 책으로 펴낸이들은 수없이 많다. 그중 누구의 행복론이 독자들이 감동하는 진짜 행복론인지 알 수는 없다. 얼굴이 다르듯 천인천색(千人千色)이려니 싶다.

그중 100살까지 살아본 사람은 한국의 철학자 김형석 교수 한 사람 뿐이다. 그러나 행복론을 쓴 사람 중에서 누가 가장 행복한 삶을 살았는지는 아무도 모른다. 행복론을 썼다고 하여 모두 행복한 삶을 살았다고 할 수도 없고, 그런 책을 남기지 않았다고 하여 행복하지 않은 삶을 살았다고 단정할 수도 없다. 책을 내지 않은 사람들 중에도 행복한 삶을 산 사람은 많을 것이기 때문이다.

나는 지금까지 『김학의 행복론』을 출간한 적도 없고, 앞으로 그럴 계획도 없다. 내가 생각하는 나의 행복론은 지금까지 발표한 나의 수필 속에 토막토막 다 담겨있다. 그러니 행복론만으로 한 권의 책을 낼 필요가 없다고 생각한다. 나의 수필을 읽어 본 독자라면 내가 어디에서 행복을 느끼는지 알 수 있으리라 믿기 때문이다.

나는 스스로 행복전도사가 되려고 노력하며 산다. 그러기에 우리 집 가훈을 '이웃에게 기쁨을 주는 사람'이라고 정했던 것이다. 나의 이웃이 나 때문에 조그만 기쁨이라도 얻을 수 있기를 바란다. 나에게 스마트폰으로 전화를 걸어 본 사람이라면 〈나는 행복합니다〉란 노래를 들을 수 있을 줄 안다. 내가 그 노래 값을 지불하고 스마트폰에 담아두었기 때문에 내 스마트폰에 전화를 걸면 누구나 공짜로 그 노래를 들을 수 있다. 그 노래를 듣는 사람은 그만큼 행복해질 것이다. 그 역시 행복전도사가 되고 싶어 하는 나의 조그만 소망에서 비롯된 일이다.

나는 날마다 새벽에 잠자리에서 일어나면 내 서재로 와서 컴퓨터를 켜고 윤항기의 〈나는 행복합니다〉란 노래를 듣는다. 될 수 있는 한 크게 틀어놓고 듣는다. 그 노래에서 뛰어나온 '행복'이란 녀석이 이 방 저 방 온 집안을 휘젓고 다니며 행복을 배달한다. 이른 새벽부터 우리 집엔 행복이 가득가득 쌓인다. 그럴 때마다 우리 집은 행복저장고가 되고, 나는 덩달아 행복해진다.

2012년에 나의 고희기념으로 『나는 행복합니다』란 수필집을 출간한 적이 있다. 이렇게 늘 행복을 찾아 행복과 더불어 살다 보니 나의 삶은 행복해질 수밖에 없다. 행복이란 녀석이 늘 기쁨이나 즐거움을 데리고 와서 함께 놀라고 한다. 그러니 내 얼굴에는 늘 웃음이 머물고, 내 마음 속에서는 행복이 용솟음친다. 그러노라니 행복은 나와 가장 가까운 친구가 되었다.

내 이웃에게 기쁨을 주다 보면 내가 먼저 기분이 좋아진다. 무더운 여름날 시원한 물로 샤워를 하면 몸과 마음이 상쾌해지는 이치나 다를 바 없다. 나는 늘 진정이 담긴 칭찬과 격려로 내 이웃에게 의욕을 북돋 아주곤 한다. 그러노라면 나도 덩달아 행복해진다. 주는 것이 받는 것임을 알 수 있다.

내 서재에서 바라본 5월 하순의 창밖은 햇살이 눈부시고, 살랑살랑 바람이 불어대니 나무들은 짙푸른 잎새를 흔들며 춤을 춘다. 이웃한 청단풍과 홍단풍은 몸을 부비고 악수를 나누며 정겨운 눈길을 주고받 는다. 한 발짝 뒤떨어져 서 있는 푸른 소나무와 부채 같은 잎사귀를 매 단 목련은 지그시 단풍나무 두 그루의 놀이를 바라보며 부러워한다.

행복도 시대에 따라 변하는 것 같다. 먹고 사는 일이 급선무였던 농 경사회 때는 후손들에게 행복을 주기 위해 부모 자신의 희생을 당연시 했었다. 자식들의 행복을 위해 자신의 행복을 절제했었다.

산업사회 때는 판사, 검사, 변호사, 의사, 약사, 공인회계사 등의 직업을 가져야 행복으로 여겼다. 돈 잘 벌고 존경받는 직업을 선호했던 것이다.

지식정보화 사회 때는 자기 스스로 지금을 즐기자는 쪽으로 흘렀다. 여행이나 레저, 취미생활을 즐기는 쾌락 위주의 삶을 추구했다. 그러기에 긴 연휴 때가 되면 인천국제공항이 해외여행을 떠나는 관광객들로 북새통을 이루곤 했었다.

그러다가 일본에서 들어온 소확행이란 게 널리 번지게 되었다. 사소한 일상에서 얻어지는 작은 행복을 즐기게 되었다. 돈이 없어도 소소한 일상에서 행복을 느끼려고 했다. 길가에 피어있는 소박한 풀꽃 한 포기를 보면서 기쁨과 행복을 느낀다. 큰 행복에서 작은 행복으로, 행복을 추구하는 성향도 시대의 흐름에 따라 점점 바뀌게 된 것이다.

부모에게 효도하고 자식의 성공을 위해 헌신하던 것이 자신의 행복을 추구하는 삶으로 바뀌게 된 것이라고나 할까? 그러고 보면 행복도 고정불변한 것이 아니라 우리네 의식의 변화에 따르는 것이 아닌가 싶다. 행복도 시대 상황에 따라 변하는 것임을 알 수 있다.

김학 |『월간문학』수필 등단(1980년). 전북문인협회 회장. 전북수필문학회 회장. 대표에세이문학회 회장. 전북pen클럽 회장. 국제펜클럽 한국본부 부이사장. 전북대학교 평생교육원 수필창작 전담교수 역임. 신아문예대학 수필창작 교수.『수필아, 고맙다』『하루살이의 꿈』등 수필집 15권,『수필의 길 수필가의 길』등 수필평론집 2권. E-mail: crane43@hanmail.net

어머니의 헌시 비 獻詩 碑

나는 불효자다

이창옥

어머니 편지
고향집.
어머님 기다리는 감나무 가지에
까치가 울면 까치가 울면
집 뜰에 서성이는 어머님 그리웁소.
소나무 푸른 향 벗되어
가슴 가슴마다 들꽃으로 피어납니다.

아! 이제는 건넌 산 하늘 밭에
하얀 찔레꽃으로 피실 어머니
자분자분 그 마음 그 얼굴로 미소 띤 붉은 편지
나의 기도 안에 살아계신 님

어머님 사랑합니다.

그리움에 지쳐 어머님께 이 헌시를 바칩니다. 나의 어머니는 고향집을 하얀 서리 머리가 되도록 지켜온 곧은 성품으로 일생을 다정한 벗으로 삼아 아담한 집에 정을 쏟아 살아온 어머니, 울 가에는 당신이 좋아하는 십여 그루 감나무를 심어 갈(秋)이 되면 탐스런 붉은 감이 주렁주렁 꽃송이로 피워댑니다. 당신의 착한 자녀인 양 무척이나 좋아했습니다. 울안 텃밭 마당에는 당신이 일생을 통해 가꾼 푸른 산야에서 수집한 산 더덕, 산도라지, 고사리와 찔레, 산나리, 두릅 등 정성 들여 수집한 수채화를 골고루 심어 꽃이 피면 한마당 화원을 이룹니다. 이런 때, 당신이 가꾼 꽃나무의 향에 홀로의 마음가짐을 포용하고, 때로는 가슴 앓이의 눈시울을 적시며 하얀 치맛자락을 훔칩니다. 고독과 외로움의 홀어머니의 여인의 자분거리는 자국을 만들고 지우면서 그분의 인생의 철학을 익히며 더불어 일생을 살갑게 보내셨습니다.

때때로 감나무에서 까치가 울면, 혹여 객지의 자녀가 오려나 기대에 찹니다. 우리 어머니는 이렇게 평생을 기다리며 또 기다리면서 살아오신 어머니. 당신의 애욕을 혼자 안고 홀로 지운 어머니의 온몸이 한 통되어 따스한 붉은 무늬가 가득 서립니다.

이런 자리에 나라는 아들 됨이 어머니의 세계를 한 톨의 이해도 모른 채 늦고 늦은 지금 불효의 눈물을 쏟아 냅니다.

오늘, 어머니에 대한 아들의 작은 마음을 안고 당신 곁에 올리는 시비에 실어 하얀 마음과 같이 어머니의 가슴 자락을 만지며 그리는 터

20

에 붉게 타는 한 오라기 사랑을 헌시(獻詩)에 담아드립니다. 기뻐하시는 용안과 새롭고 참한 맵시를 새기면서. 생시의 미소로움에 더듬더듬 은혜로운 사랑의 가녀린 손을 모읍니다.

이창옥 │『월간문학』 수필 등단(1983년). 한국문인협회, 펜문학협회, 전북문협, 호주문협, 전북수필문학회장. 현대 수필이사. 전북문단이사. 한국수필 이사. 수상 : 전북문인협회상, 풍남문학대상, 한국문인대상, 국민훈장 동백장. 저서: 수필집『갈꽃 길섶이야기』등 5권. E-mail: leeco41@naver.com

가을

지연희

1.

조석으로 살갗을 스치는 바람의 차디찬 흔적에 몸을 움츠리게 된다. 그 차가움 사이를 뚫고 유리창으로 비춰드는 햇살이 눈부시게 맑고 환하다. 간밤 비 내림의 까닭도 있었겠지만 하늘이 저만치 높다. 햇과일이 과일가게 매대 위에서 선을 뵈는 가을이 이미 우리 곁에 스며와 있음을 확인하게 된다. 여름과 가을 사이, 어쩌면 한 눈금 사이로 경계를 이루는 이 계절의 변화는 자연이 세상에 전하는 가장 진실한 약속지킴이다. 어김없이 찾아오는 봄과 여름 사이, 여름과 가을 사이 그렇게 계절은 기다림 없이도 찾아온다.

일본 중심부를 강타한 태풍의 여파가 한반도의 남부에서 중부까지 비바람을 몰고 오더니 플라타너스 누렇게 마른 잎이 현관 안까지 수

북하다. 도로변 일렬종대로 서 있는 플라타너스 가지에서 떨어진 어른 손바닥보다 큰 잎들의 바스락거리는 뒤척임이 가을을 더한다. 아직은 만추의 울렁임은 아니더라도 살갗이 춥다. 책을 좋아한다는 미화원 아저씨가 도로변에 떨어져 구르는 마른 잎들을 쓸고 있다. 큰 포대에 그들을 모아 담는 길을 지나 시장 통에 이르러서야 마음이 환해졌다. 볼그레한 낯빛의 복숭아 사과들이 과일가게에 가득하다.

저녁 늦게 귀가하였더니 '횡성농협'이라 인쇄되어진 상자 하나가 현관문 밖에 놓여있었다. 제법 무게가 느껴지는 상자를 들고 실내에 들어섰다. 단단히 봉해진 상자를 개봉하자 고구마 줄기, 굵은 대파, 가지, 방울토마토, 누렇게 잘 익은 호박 하나가 담겨져 있었다. 신문지에 정성껏 한 가지 한 가지 포장하여 담겨있는 농부의 결실을 바라보며 보낸 이의 훈훈한 손길을 생각했다. 문득 이 작물들도 지난 6월의 가뭄에 목이 말랐을 것이라는 생각이 들었다. 대견스럽고 소중했다. 축구공만한 잘생긴 호박을 쓰다듬으며 농부가 흘린 땀을 가늠해 보았다.

가을은 결실의 계절이다. 9월은 그 풍성한 계절의 문을 여는 초입으로 지금 논과 밭에선 막바지 혼신을 다한 뿌리의 열정이 남아있을 것이다. 누우런 황금 들판을 위한 벼들의 고개 숙임과, 가지가 땅에 닿도록 매어단 열매들을 붉은 낯빛으로 성숙시키기 위한 나무의 조용한 기도 시간이다. 가을은 미혹의 나를 차분히 완숙시키는 성찰의 시간이어서 나뭇잎들이 그렇게 조금씩 붉게 물들어 가는 모양이다. 붉게 물들어 스스로를 흔적 없이 태우고 소멸시키며 세상 속에 '나'를 지우는 무한의 공간에 머물기 위한 기도하는 계절이다.

2.

비로소 여유로운 숨이다. 조석으로 서늘한 바람이 분다. 폐부에 스며드는 대기, 호흡기로 들이켜는 숨 한마디 마디가 상쾌하다. 가을이 완연한 모양새로 걸어오는 게 보인다. 빠른 보폭으로 찾아오는 이 가슴 서늘한 쓸쓸함의 대명사, 가을이 다가서고 있다. 벌써부터 가로수 플라타너스는 물들기도 전에 온몸으로 떨어지며 떨어져 보도에 뒹구는 연습을 한다. 그리 머지않은 날 나무는 생애 최상의 열망을 전신으로 뿜어 올리며 붉은 꽃불을 잎새 가득 물들일 것이다. 울긋불긋한 산과 들의 향연, 가을은 지금 깊은 열애 중이다.

지금은 붉게 물드는 황혼의 시간, 저녁노을이 한 생의 추억을 더듬어 일필휘지로 축약된 붉은 연서를 쓰고 있다. 비교적 최선의 삶을 살았노라고 저리 곱게 물들고 있다. 생명으로 태어나 땅속 깊이 뿌리를 내리고 한 겹 한 겹 생존의 힘을 키워낼 기둥의 굵기를 더하기 위해 땀을 흘리고 가지와 가지 사이로 튼실한 열매를 매달아 수확의 기쁨도 맛보았다. 이제는 세상에서 가장 따뜻한 사람과 손을 잡고 정겨운 이야기로 가슴 훈훈하게 마음을 데워야 한다. 이런 저런 이해타산으로 평생을 굴려온 차디찬 냉가슴을 순연하게 풀어 놓아야 한다.

　유한한 삶의 통로를 짚어온 지나 시간으로 가을은 한 결의 비단을 짜고 있다. 앙상한 가지마다 붉은 등불을 밝힐 감나무가 살을 에는 겨울 초입까지 불을 밝히는 까닭은 밤새도록 비단을 짜는 어머니의 한해살이를 지키기 위함이다. 조금씩 물들고 있는 가을의 볼을 타고 흐르는 노을이 곱다. 단풍잎 익어가는 백록담에서 설악까지 이 가을의 시작이 만만치 않다. 서늘한 바람 한 줄기로 붉게 물드는 가을, 살결에 스미어 뼈와 뼈 사이를 관통하는 쓸쓸함, 누구도 쉬이 물들지 않을 수 없는 가을이 저만치 다가선다.

지연희 | 『월간문학』 신인상(수필 1983년), 『시문학』(시 2003년) 신인문학상 당선. 사)한국문인협회 수필분과회장. 사)한국수필가협회 이사장 역임. 사)한국여성문학인회 부이사장 역임. 사)현대시인협회 이사. /사)한국시인협회 회원. 계간 『문파문학』 발행인. 수상 : 제5회 동포문학상, 제11회 한국수필문학상, 대한민국 예총 예술인상, 제9회구름카페문학상, 제30회 동국문학상, 제12회 조경희수필문학상. 저서 : 수필집 『식탁 위 사과 한 알의 낯빛이 저리 붉다』 외 15권, 시집 『메신저』 『그럼에도 좋은 날 나무가 웃고 있다』 외 6권. E-mail: yhee21@naver.com

밥 같은 외로움

권남희

이십대 후반 몇 달 동안 주방을 같이 쓰는 할머니 집에 세를 들어 살았었다. 굿도 하는 점술가 할머니는 처음 만나는 나의 어머니를 보고도 '팔자에 눈물이 들었어' 하거나 놀러온 친척 언니를 두고 '조심해 살기가 있다' 그런 뜬금없는 이야기를 툭툭 던지곤 했다.

후에 경악을 했던 이유는, 그 언니가 자살을 한 사건이다. 어느 날 할머니는 내 얼굴을 살피더니 '공방살이 꼈어. 너는 공부를 많이 하지 않았으면 중 팔자야' 심심풀이처럼 내게 화살을 날렸다. 그때는 쓸데없는 얘기려니 하면서 귀담아 듣지 않았지만 할머니의 예견이 맞을 때마다 숙명 같은 내 외로움을 생각했다.

내 삶은 평생 외로움과 부대끼는 일이었다. 황해도 해주에서 단신 월남한 아버지의 맏딸로 태어났지만 돌을 지나자 남동생이 태어나고 나는 바로 외가로 보내졌다. 기억에도 없는 그곳은 외할머니와 외숙모, 외삼촌, 막내이모, 서너 살 위 사촌 오빠가 있었다. 그런대로 북적거렸겠지만 젖도 미처 못 뗀 아기에게 어디 엄마만 한 품속이 있을까. 막내이모 결혼식 사진에 있는 나는 남동생을 안고 있는 어머니에게도 들러붙지 못하고 딴 세상 아이처럼 겉도는 티가 역력한 채 구석에 서 있다. 가끔 이모들이 들렀다가 깐깐한 외할머니에게 식탐 부린다고 야단맞으며 울지도 못하는 내가 불쌍해서 젖 한 번씩 물려주었다는 뒷이야기를 들었다. 이유도 모른 채 어머니와 헤어졌으니 밥으로 허기를 달래며 무언지 모를 암담함에 까다로운 외할머니까지 감당이 안 되어 온통 공포였으리라. 그 후 학교에 입학하기 전 엄마 곁으로 돌아왔지만 다시 외가로 쫓겨갈까 봐 엄마와 늘 거리를 두고 조용히 있어야 하는 아이가 되었다.

학교에 입학해서도 외딴 집에 살았기 때문에 학교가 끝나면 동생들 돌봐야 하는 이유로 친구들과 어울리지 못하고 바로 달려왔다. 수십 년 만에 만난 초등 동창회에서도 나는 그들 이야기에 끼지 못했다. 공유할 수 있는 추억이 거의 없었기 때문이다. 추억담에서도 나는 외롭고 겉돌았다.

대학을 다닐 때도 일가붙이 하나 없는 서울에서 혼자 하숙하다 후에 자취하면서 외로움에 멍이 든 나는 편지 쓰고 일기 쓰고 도서관 다니면서 책에 파묻히기 시작했다. 멍이 들었다는 표현은, 방학이 되어 집에 돌아가도 마음이 예전 같지 않은 것이었다. 그토록 집으로 돌아가고 싶어 하고 보고 싶었던 아버지와 어머니, 동생들이었지만 어딘지 모르게 가슴에 구멍이 나버린 나는 가족들과 밥을 먹어도 나는 다른 곳에 있는 듯 하고 내 집이 아닌 느낌을 갖곤 했다.

나는 다시 집을 떠나 외로움밖에 더 이상 무엇도 주지 않는 서울에서 뒹굴고 방황하며 함께할 수 없는 가족들과 고향 친구들에게 편지 쓰는 일을 큰 행복으로 삼을 뿐이었다. 아버지에게 친척이 없다는 사실도 힘든 일이었다. 고독은 나만의 것이 아닌, 이미 아버지의 고독한 DNA가 대를 이어 핏줄을 타기 시작한 것이다. 친구들에게 넘치는 고모, 삼촌, 사촌 형제 자매가 내게는 한 명도 없다니. 무슨 일이든 혼자 생각하고 혼자 결정하는 자유도 벅찬 일이었다.

어찌 어찌 연애를 하면서 결핍감이 해소되고 결혼 생활의 행복했던 시간도 잠깐이었다. 내게는 그런 평범한 삶도 과분했는지 두 아이를 낳고 10년이 지나지 않아 지옥 같은 고독이 기다리고 있었다. 해답이 없는 기다림은, 다시 내 자신을 깊이를 알 수 없는 우물 속으로 쳐 넣는 것 같았다.

자칫 죽을 수도 있었던 좌절감과 소외감으로 30대를 보내면서 오직 책을 읽고 글 쓰는 일에 매달렸다.

아이 키우고 살림할 때는 내 시간이 없다고 행복한 비명을 지르며 그렇게 나만의 시간을 갖고 싶어 했는데… 막상 남편이 함께하지 않으니 문을 치고 지나가는 바람소리에도 눈물이 쏟아졌다.

외로움의 늪에 빠진 채 두 아이를 맡은 일이 훗날 아이들에게도 상처가 되었다는 것을 나는 그때 알지 못했다. 그저 나만 외롭다고 아파했으니.

권남희 | 『월간문학』 수필 등단(1987년). 계간 리더스에세이 발행인, 한국문협 수필분과 회장. (사)한국수필가협회 부이사장. 덕성여대 평생교육원·MBC아카데미강남·현대백화점 신촌점·롯데 잠실 수필강의. 수필집:『목마른 도시』『육감하이테크』『그대 삶의 붉은 포도밭』『그래도 다시 쓴다』등 7권, 수필선집 2권. 수상 : 제 22회 한국수필문학상, 제 8회 한국문협작가상. E-mail: stepany1218@hanmail.net

그네

고재동

그네가 외로움을 탄다. 그러나 그걸 씻기 위해 공중 곡예 하지는 않는다. 비가 와도 정갈하게 맑은 정신으로 몸을 닦을 뿐이다. 거미나 개미, 인간이 시도 때도 없이 그네에 앉아서 엉뚱하게 수작을 걸기 때문에 정작 가려운 곳은 닦을 수가 없다. 그네는 매일 밤 고독을 날로 씹는다.

밤새 내리던 비는 녹음을 싱그럽게 덧칠해 놓고 한반도를 물러났다. 오후로 접어들면서 하늘에 조각구름만 몇 점 남기고 깔끔하게 청소까지 마쳤다. 단오에 비가 내리면 풍년이 든다고 했으니 올해는 보나 마나 풍년가를 부를 수 있으리라.

그네에 앉았다. 세 개의 그네 중 오른쪽을 선택했다. 특별한 이유는 없었으나 왼쪽은 낮게 어린아이용으로 만들었으니까 나머지 둘 중 하나를 선택했을 뿐이다. 가장자리가 편했던 모양이다.

그네를 탄다. 조금 전까지 미동도 하지 않던 나머지 빈 그네 둘이 덩달아 움직인다. 바람이 와서 툭 치고 간 것도 아닌데. 셋 중 하나가 타면 한 몸체에 연결된 그들은 일심동체, 그리움을 나눠 셌나 보다.

산 그늘이 마당을 쓸고 간지 이미 오래다. 그네에 앉은 채 발끝이 닿는 끝까지 뒤로 물렀다가 허공으로 몸을 민다. 보이지 않던 동구 밖이 보인다. 그러나 길 따라오는 사람의 흔적은 없다. 허공을 찼다. 그네는 조금 더 올랐다. 좀 더 먼 길이 보였다. 아무도 오지 않는다.

아내는 단오절을 맞아 마을회관에 갔다. 아침나절, 준비한 음식과 함께 회관에 태워준 바 있다. 올해부터 부녀회장을 맡은 아내는 신바람 나게 마을을 쏘다닌다. 오늘처럼 공식적인 마실 나들이는 내게 당당히 회관까지 태워줄 것을 명령한다.

"짐도 많고 방앗간에서 떡도 찾아야 하니 좀 태워 주이소."

거역했다간 무슨 화를 입을지 몰라 두말없이 충실한 고 기사 노릇을 했다.

어릴 적 우리 마을엔 단오 때마다 그네를 맸다. 음력 오월 초나흘 오후가 되면 장정들이 인경이네 집 앞 느티나무 밑으로 모여들었다. 어른들은 물에 축여 준비해 놓은 짚으로 줄을 꼬기 시작한다. 세 사람이 세 가닥으로 나눠 비틀어 주고받으며 굵은 줄을 길게 꼰다. 손이 부족할 때는 우리 아이들도 거들었다. 짚을 일정하게 나눠 주거나 줄을 잡아 주는 일을 담당한다. 고등학생 시절, 세 가닥 중 한 가닥을 잡고 그 넷줄을 직접 꼬아 보기도 했다. 눈썰미가 있던 나는 곧잘 따라 했다.

줄이 완성되어 그네를 매고 나면 장정들이 먼저 그네를 뛴다. 이상 유무를 확인하기 위해서다. 우리는 수릿날 학교에서 돌아온 후 그네를 탈 수 있었다.

처녀 총각이 마주 보며 함께 그네를 타기도 했다. 처녀는 그네를 뛰 며 동구 밖을 살핀다. 잘생긴 낭군 감이 뚜벅뚜벅 걸어 들어오지나 않 을까 살핀다. 총각은 경쟁하듯 더 높이 오르며 신붓감을 찾는다. 힘을 주체할 길 없는 그들은 그네를 한 바퀴 돌 기세였다.

춘향은 이 도령이 올 줄 알고 그네를 탔을까?

피는 꽃

핀 꽃

예쁘다

아름답다

감탄하면서

지는 꽃

진 꽃

껶고 마는가

나도 아프다

　　　-「지는 꽃」

반복하여 그네를 탔다. 아직도 선돌길 우리 집으로 들어서는 그 누구도 없다. 며칠 전부터 동산의 인동초 꽃이 만개하여 맵시를 뽐낸다. 벌나비는 어둡기 전에 귀소본능으로 돌아가고 빈 꽃은 밤 맞을 채비를 한다. 꽃향기도 서서히 사그라 든다.

고개를 뒤로 젖혀 등 뒤의 산을 본다. 막 피기 시작한 밤꽃 위에 조금 남은 햇살이 걸터앉았다. 마지막 정열까지 남김없이 부어놓고 서산을 넘을 모양이다. 가까운 산에 눈길이 머물자 진 아까시나무꽃이 볼품없이 풀 죽어있다. 나무를 떠나지 못할 사연이라도 있는 듯. 찔레나무에도 지다 만 꽃들이 안달하듯 거기에 있다. 어젯밤 풍랑에도 끄떡없다. 나무를 떠나지 못할 이유라도 있는 것일까?

해바라기는 해 바라기를 한다. 할머니는 방랑벽이 있는 할아버지를 바라기 하며 한평생을 사셨다. 장에 가면 1박 2일이셨던 아버지를 어머니는 남편 바라기로 살았다. 나는 그 할아버지에 그 손자, 그 아버지에 그 아들이 아닐까? 시대가 바뀌었으니 순응하고 살아야 할까?

바로 옆에 비어있는 시소가 멋쩍게 본다. 밤나무보다 키가 큰 소나무 꼭대기에도 햇살은 없다. 이제 남은 건 땅거미 내리는 일과 아내가 집으로 돌아오는 일만 남았다.

그네에서 엉덩이를 뗐다. 요동하던 그는 서서히 평정으로 돌아간다. 오라고 손짓하지 않아도 몰래 와서 이젠 당당히 동산에서 망초가 꽃을 피웠다. 땅거미가 와도 꽃으로 승부를 겨룬단다.

마당을 가로질러 너덜너덜한 발걸음으로 스미는 어둠을 꾹꾹 밟았다.

고재동 | 『월간문학』 수필 등단(1988년). 한국문인협회 안동지부 회장. 펜클럽 한국본부경북위원회 사무국장. 한국수필가협회회원. 시집 『바람난 매화』 『바람색 하늘』, 산문집 『간 큰 여자』. E-mail: kjd551225@naver.com

한 줄기 빛

이은영

전주 완산구 이서면 금평리 그곳에서 헤어진 후 그리워도 만날 수 없는 아버지, 다시 이 땅에서는 만날 수 없다. 나는 아버지를 많이 닮았다. 모습도 닮았지만 성격도 많이 닮았다. 그러나 체격은 외가를 닮았다. 토종 조선무우과인 아버지나. 삼촌 고모들과는 사뭇 다르다. 신선처럼 수려하시던 외할아버지를 닮은 화사한 엄마처럼 부모의 장점만 닮았다고 하면 과찬일까? 남들이 그렇게 말해줬기에 그 이야기가 사실이라 믿고 싶었다.

아버지처럼 존경하는 인물도 못되었고, 미모의 수준도 어머니에 못 미치지만 예쁜 것이 무작정 좋았던 나는 늘 예쁘다는 소리 들으며 죽는 날까지 아름답게 살다 가고 싶었다. 먹는 것은 못 먹어도 표시가 안 나지만 초라한 모습만은 남에게 보이지 않고 때와 장소에 따라 거기에 맞는 의관을 갖춰야 한다는 어머님의 말씀이었기에 나는 언제나 의상에 신경을 쓰곤 했다.

내가 가장 아름다운 시절이 있었다면 아마도 중학교 3학년에서 고등학교 3학년 때였던 것 같다. 지나고 보니 지난 시절의 앨범 속의 내가 정말 순수하게 보여 그 시절의 나를 사랑한다. 나는 이 도시를 떠나야 돼. 이 좁은 도시를 빨리 벗어나야 해. 몸부림치던 시절이 있었다.

좁고 보수적이고 답답한 전주에서 난 더 큰 도시 화려한 빌딩 숲을 꿈꾸었다. 그러나 통 크게 일을 저지를 용기가 없어 늘 그 자리에서 장녀로서의 굴레를 벗지 못했다. 어느 날부터 하나님 외에 우상처럼 누군가를 사랑한 죄로 나의 평탄했던 인생은 뒤틀리기 시작했다. 내가 꿈꿔온 길이 이건 아닌데. 이건 결코 아니야.

내가 스스로 판단했던 현실과는 달리 만만치 않은 운명 속에서 바람과 비에 젖어 질병까지 얻었고 고통의 시간 속에 시달렸다. 나의 신혼 시절은 갈등과 인내의 시험 기간이었다. 너무 간절한 바람 끝에 어여쁜 남매를 낳게 되었다. 그 아이들을 위해 나 개인의 행복 추구는 던져버리고 엄마로서의 의무에 충실하려 결심했지만 그것 또한 사치였을까. 일을 해야 유지할 수 있는 생활고로 어린아이들을 친정에 맡기고 열심히 직장 생활을 해야 했다. 아이들은 너무 아름답게 장성하여 나름대로 자리를 잡고 나와는 또 다른 삶을 살고 있다.

나를 지탱해 준 것은 문학이다. 한 줄기의 빛을 향해 더듬거리며 뻗어나가던 꿈은 나의 정신적인 세계를 온통 가득 채우고 삶의 의미를 주었다. 나에게는 긍지이기도 했는데 그 누구인가가 나를 알아봐주고 기억해주길 원하진 않았다. 내가 잊을 수 없는 그 누군가를 만나고 그런 사람이 존재하길 바랐다. 없었다. 나보다 더욱 잘났거나 더 멋진 사람도 싫고 딱 나 같은 정도의 사람. 그런 사람을 원했다. 그런 친구를 원했던 것 같다. 같은 마음으로 함께 좋아하는 것들을 하고 공유하고 함께 행복해하고 싶었다. 만족한 삶은 아니었지만 인생은 내 나름 아름다웠고 하나씩 이루어내는 행복도 있었다.

　다 이루었다 하시던 십자가의 예수처럼 나는 그렇게 열정을 다하던 것들을 손 놓고 싶다. 지금은 쉬고 싶다.

이은영 │『월간문학』 수필 등단(1990), 계간 『문파』 시 등단(2012년). 한국수필가협회 회원. 한국여성문학인회 회원. 시문화 회원. 서울시&문인협회 주최 서울찬가 최우수상, 동포문학상, 김소월 문학상 본상수상. 저서 : 수필집 『이제 떠나기엔 늦었다』. E-mail: 3050rose@hanmail.net

벌써 노인이 되었나

김사연

　　요즘 나이 든 분들을 분류하자면 어르신, 노인네, 늙은이로 대분할 수 있다. 어르신이란 깔끔한 외모에 인격과 학식이 풍부하고, 말은 아끼면서 어디서든 지갑을 먼저 여는 분들에 대한 호칭이다. 노인네란 능력은 없지만, 주책이란 소리까지는 듣지 않는 평범한 분들이다. 늙은이는 나잇값도 못 한다는 손가락질을 받는 부류이다.

　　어르신으로 살아가는 정도(正道)를 묻는다면 그에 대한 해답은 무엇일까. 내가 아는 선배 약사님은 주변에서 불러줄 때 꼭 참석하고 반드시 빈손으로 가지 말라고 조언한다. 나이가 벼슬이 아니니 독선과 아집을 버리고 귀를 열라 한다. 고개를 낮추고 상대방을 존경하라 한다. 입술은 잠그고 지갑을 열어야 어르신 대우를 받는다 한다.

　　주변엔 나이는 숫자에 불과하다며 넘치는 자신감으로 세상을 살아가는 분들도 적지 않다. 한국문인협회 회원 13,000명 중 2016년 현재

65세 이상 회원은 6,356명으로 50%에 육박한다. 돈이 되지 않는 문학에 기웃거리는 젊은이가 드물고 나이테가 두꺼운 인생 철학에서 문학의 영감이 떠오르기 때문일지도 모른다.

미국의 권투선수 '조지 포먼'은 20세에 권투계에 입문해 24세에 '조 프레이저'를 2라운드 1분 35초 만에 TKO 시켜 헤비급 세계 챔피언이 되었다.

그는 '무하마드 알리'에게 패하고 은퇴한 후 기독교에 귀의해 10여 년간 목사로 새 삶을 보내다가 권투 선수로서는 할아버지 나이인 45세에 29세의 챔피언인 '마이클무어'를 10회에 KO 시키고 챔피언에 재등극했다.

비아그라가 생산되기 전, 성생활을 제대로 못 해 이혼 위기에 몰린 30대 남성과 정력을 주체할 수 없다는 80대 노인이 동시에 내 약국을 찾아와 상담했을 때 나이는 숫자에 불과하다는 속설을 실감했다.

나도 한때는 정력제를 찾는 60대를 주책없는 노인이라고 속으로 탓한 적이 있었다. 그 나이면 부부관계는 물론 모든 사회생활을 포기하고 은둔해야 한다고 생각했다. 하지만 내가 60대에 들어서는 순간 '인생은 60부터!'라는 캐치프레이즈가 가슴에 와 닿았다.

인천시가 60세 이상 남녀 1,000명을 대상으로 설문조사를 한 결과 현재 65세로 되어있는 노인의 나이를 수정해야 한다는 주장이 나왔다. 응답자의 33.4%는 70세~74세로, 33.2%는 75세~79세로, 25.2%는 80세~85세로, 4.5%는 65세~69세로 변경했으면 좋겠다는 의견이었다.

30~40여 년 전만 해도 환갑이라는 수명을 넘기기가 쉽지 않았다. 59세에 갑자기 쓰러져 절명하는 선배 약사님들도 적지 않았다. 하지만 요즘은 환갑잔치를 구경할 수 없고 칠순 혹은 팔순 행사가 주류를 이룬다. 그런데도 법 조항은 65세가 되면 노인이라는 달갑잖은 별칭을 수여한다.

65세가 넘은 분들의 대부분 자신은 아직 청춘이며 노인이라는 호칭은 적어도 70대 중반을 넘긴 분들에게나 어울린다고 생각한다. 한참인 나이에 지하철 공짜 승객이란 천덕꾸러기 취급도 원치 않는다.

노인의 나이는 65세라는 규정을 수정해야 한다. 젊은이가 무색할 정도로 왕성한 활동을 하다가도 노인이라는 호칭을 받는 순간 자신도 모르게 의기소침해진다고 하소연하는 분도 있다. 우선 70세로 한계를 정하고 수명의 연장에 따라 차츰 75세로 올리면 어떨지? 그러면 자신감을 갖고 미래의 꿈에 적극적으로 도전하는 이 사회의 일꾼으로 거듭나지 않을까.

바쁘게 뛰어다니다가 잠시 숨을 고르니 어느덧 고희(古稀)의 문턱에 선 자신을 발견하고는 깜짝 놀란다. 그렇다면 나도 이미 노인이 되었단 말인가.

김사연 | 『월간문학』 등단(1991). 한국문인협회 회원. 대표에세이 회원. (사)한국문협 인천지회장. 전 인천시약사회장. 전 인천시궁도협회장. 인천시문화상(2014년) 수상. 저서: 수필집 『그거 주세요』, 칼럼집 『김약사의 세상 칼럼』 『상근 약사회장』 『펜은 칼보다 강하다』 『진실은 순간 기록은 영원』 『요지경 세상만사』. E-mail: sayoun50@hanmail.net

메꽃 같은 여자

정인자

이번 동인지의 주제는 '나는 ▢ 이다', 자신을 상징적으로 표현해야 한단다. 나에 대해 골똘히 생각해보지 않을 수 없었다.

얼마 전 남편 앞에서 중대 발표를 했다.

"다음 생에도 당신을 만나 살겠어요!"

가끔 TV프로에서 사회자가 출연한 부부를 향해 "다음 생에도 지금의 배우자를 만나겠습니까?"라고 질문하는 것을 볼 때가 있다. 그때마다 그 물음을 자신에게 돌려보곤 했었다. 늘 주저하게 만드는 건 홀 시어머님과 함께 산 긴 세월이었다. 아무리 그 길이 꽃길이라 해도 돌아가고 싶지 않다는 유행가 가사도 있듯이, 녹록치 않았던 그 세월을 다시 살 용기가 나질 않는 거였다. 그러니 내 딴엔 어렵사리 토해낸 고백이다. 남편의 심중은 알 길이 없지만 그의 입 꼬리에 미소가 떠올랐다. 그와 함께한 시간들이 꿀처럼 달콤하기만 해서 그리 말한 건 결코 아니었다. 온고이지신(溫故而知新)이라고, 어른 모시는 것도 다음 생엔 융통성이 좀 생길 것 같았다. 자식으로서, 부모로서의 역할을 속죄하듯 다시 한번 잘해내고 싶다는 염원이 어느 날 문득 일었기 때문이다. 그러려면 다시 여자로 태어나야 하고, 돌아가신 부모님도 만나야 하고, 이 남자의 아내여야만 한다.

이유는 또 있다. 평생 동안 남편의 직장 때문에 별리를 반복하며 살았다. '빠이 빠이!' 고사리 같은 손 흔들어대는 아이 안고, 출근하는 남편 배웅하고 맞이하는 이웃집 색시가 몹시 부러웠던 적이 있었다. 젊은 시절엔 그 평범한 일상에 왜 그리 목말라 했던지. 먼 하늘 바라보며 공허하게 허비했던 시간들이, 온갖 잡념들로 부질없이 감정 소모를 했던 시간들이 돌이켜보니 너무 아깝다. 그렇다고 개척 정신에 불타 확 달라진 인생 청사진을 펼쳐보기 위해 다음 생을 꿈꾸는 건 아니었다.

한때는, 성차별로 불공평한 이 세상이 싫다며 내세엔 꼭 남자로 태어나리라는 간절한 소망을 품었던 적도 있었다. 셋이나 되는 남동생들에게 양보하느라 하고 싶은 공부를 포기했을 때, 외아들한테 시집와서 딸만 둘 낳고 주위의 따가운 시선을 의식할 때 더욱 그랬다. 그런데 지나 놓고 보니 이해되는 측면도 있었고, 무엇보다도 내겐 도전 정신과 용기가 턱없이 부족하다는 것을 뼈저리게 깨닫게 되었다. 겁은 또 좀 많은가. 남자로 태어났다면 군대도 못 갔을 것 같고, 전쟁터에 나가 용감하게 싸울 자신도 없으며, 돈벌이할 재주까지 없을 터이니 여자로 태어나길 천만다행 아닌가.

부끄럽지만, 엉뚱한 고백 한 가지를 더 해야겠다. 친지들 중엔 나를 '와이당' 잘하는 사람으로 엄지를 치켜세우는 이도 있을 것이다. '와이당'은 일본말로 술자리에서 지껄이는 외설이라고 한다. 음담패설이다. 술 한 모금도 하지 못하는 내가 어쩌다 그런 불명예를 안게 되었을까. 그런 말로 분위기를 띄우면서 남을 기쁘게 한다는 봉사심쯤으로 착각한 걸까. 남이 하면 불륜이고 내가 하면 로맨스라고, 전혀 추해보이지 않는다는 칭찬을 철썩같이 믿었을까. 나름대로 철칙이 있긴 했다. 인류번식의 꽃이라고 할 수 있는 은밀한 그 부분은 절대 실명으로 말하지 않기, 때와 장소 사람 봐가면서 가려 하기. 낯가림을 잘하고 붙임성도 부족한 편이다. 잘 살기 위한 방편이었다면 비굴한 변명이 될까. 요즘은 굳이 말로 하지 않아도 스마트폰 카톡으로 모든 정보를 공유하는 시대가 왔다. 신께서 "다음 생에도 그러한 죄를 짓겠냐?"고 물으면 "아니요!"라고 자신 있게 대답할 수는 없지만, 나로 인해 불쾌했던 사람들이 있었다면 이 자리를 빌려 용서를 구하고 싶다.

나는 핸드폰으로 꽃 사진 찍기를 좋아한다. 오늘 아침엔 풀숲에 피어있는 연분홍 메꽃을 담았다. 작년 이맘때쯤도 이 자리에서 피었었다. 얼핏 보면 나팔꽃 같은데 색깔도 다르고 꽃도 더 작다. 어린 자매들처럼 도란거리며 손잡고 피어 있다. 아기자기하고 화려하지 않은 꽃들의 품새가 왠지 자화상 같았다면 과찬일까. 꽃말은 수줍음, 충성심이라고 한다.

어디에선가 읽었던 구절이 떠오른다.

"세상에 태어나 가장 멋진 일은 가족의 사랑을 얻은 것이다."

희끗희끗한 머리에 염색하는 나이가 되어서야 비로소 딸, 아내, 며느리, 어머니로 이어지는 여인의 길에 애틋한 감사의 눈물이 묻어난다. 이것이 다음 생을 바라는 진짜 이유가 아닐까.

양귀비처럼 미모를 타고난 것도 아니고, 몹쓸 와이담으로 이미지를 쇄신하기도 글렀지만, 내세에도 그 길을 가고 싶을 만큼 나는 천생 여자라는 말을 하고 싶다.

정인자 | 『월간문학』 수필 등단(1991). 한국문인협회 회원. 남도수필회원. 수상 : 대한문학상. 저서: 수필집 『해 돋는 아침이 좋다』, 공저 『우리들의 사랑법』 등. E-mail : jijydh@hanmail.net

2
행복등

행복등 幸福燈

香里 윤영남

    행복은 삶의 목표이자, 과정의 등(燈)이다. 사람들은 누구나 행복하기 위해서 살고, 행복한 순간의 추억이나 기대감으로 삶을 견딘다고, 철학자 소크라테스는 『행복론』에서도 먼저 설파하지 않았던가.

    내가 문단에 등단하기 전이었다. 어느 날, 문예창작을 지도하시던 교수님은 나에게 청천벽력 같은 말씀을 던졌다. "윤선생은 명작을 잘 못 쓸 지도 몰라요." 아니, 꿈꾸던 문학도에게 이럴 수가 있단 말인가. 놀랐다. 너무 황당했지만, 조금 기다렸다가 침착하게 목소리를 낮춰서 왜 그러냐고 반문을 했다. 그 교수님 왈, "당신처럼 너무 행복한 사람은 글쟁이가 되는 데 더 어렵더라"고. 글 쓰는 과정의 어려움과 성숙되는 과정을 설명하셨다. 자기가 원하는 대로 무든 일이든지 해결하면 성취감으로 한이 쌓일 시간이 있겠냐는 가설까지 붙이면서….

그 후에 나는 행복한 사람이 행복한 글쓰기를 하겠다고 우겼다. 그리고 우울한 표정을 더 멀리했다. 죽을 만큼 아픔의 강물을 건널 때도, 난 감사의 기도로 대체하며, 끝까지 행복한 여인이고 싶었다. 보이는 나와 보여 지는 나의 모습에서도, 좋은 글을 못 써서 불행을 초래하고 싶지는 않았다. 이제 많은 세월이 흘러서 강산도 여러 번 바뀌었다. 그랬다. 행복한 글쓰기는 요원한 듯 아직도 난 창작의 열정만 있을 뿐이다. 하지만, 인생에서 속도보다 방향이 중요하니까 서두르지는 않는다. 매순간의 자기다움이 더 중요하기에 오늘도 행복하게 웃으며 읽기와 쓰기를 즐기며 사색을 한다. 지금은 평생교육 시대다. 평생을 통해 배우고 익히는 즐거움을 결코 놓치지 않을 것이다. 순환되는 사계의 철을 따라 과실도 익어가지 않던가.

재미난 우화 중에서 행복의 여신이 생각났다. 지금도 당신 곁에서 울고 있는데, 왜 그렇게 그 여신의 노크를 못 들은 체 외면하고 있냐고 물었다. 길 가는 사람을 따라다니며 "제가 여기 있어요."라고 외쳐도 거들떠보지도 않는다고. 요즘은 모두가 작당을 해서 억지로 그 여신을 왕따를 시킨다고. 그래서 스스로 불행을 자초하며, 상대적 빈곤감이나 불평과 불만에 휩싸여 살고 있는지도 모른다고. 그 여신의 하소연은 내게 행복에 대하여 여러 가지를 생각하게 한다. 아니다. 진정한 행복을 느껴보지도 못한다는 것, 자체가 불행이다. 바로 곁에 있는 행복을 나도 못 알아보거나 느끼지 못한 적도 많았을 것이다. 시력이 약하면 아무엇도 안 보이거나 또는 너무 어둔 밤처럼 욕망의 덫에 걸려 가려진 진 채 못 볼 수도 있을 테니까.

가끔 산행을 하면서 느낀 생각인데, 정상을 오르기 위해 얼마나 많은 고통과 인내를 필요로 하는가. 물론, 남모르게 자기의 체력에 따라서 깔딱고개도 넘으며 견뎌야 한다. 산 정상에 오르면, 나도 모르게 "야호!"라고 외치고 싶다. 요즘은 야생동물들을 놀라게 한다기에 참기도 하지만.

산 정상에서 느끼는 성취감은 분명히 행복이다. 허나, 길지도 않고 그 감동이 오래지 않아 시들해진다. 그러니, 더 높은 곳을 찾아 또 오르려 한다. 오르고 올라도 채워지지 않는 허기처럼 욕망과 욕심에 가려진 인생살이도 마찬가지가 아닐까.

가까운 지인들과 놀이를 하거나 별명처럼 각자의 이름을 지을 때, 내 이름은 '행/윤'이다. 행복 윤활유의 약칭이다. 그것은 내가 행복하고자 하는 강박관념에서가 아니라, 내가 느끼는 행복에 더 윤활유처럼 촉진제 역할을 하고 싶어서다. 자주 동석한 지인들한테 웃음을 선물하고 싶을 때, 내가 잘못 부르는 노래와 재밌는 테마도 많이 입력했다가 적재적소에 활용도 하면서….

세상에서 누가 가장 성공한 사람이냐고 물었더니, 가장 많이 웃는 사람, 오래 웃는 사람이라고 YN 웃음치료사는 말했다. 직업상 코미디언도 아니고, 희극배우도 더욱 아니다. 그것은 생활인으로 웃는 습관과

관용의 미덕에서 긍정의 힘을 솟아나게 하는 힘일 것이다. 더구나 스스로 웃고, 그 웃음을 전파할 수 있다면, 그 또한 거의가 찡그린 얼굴로 세파에서 이겨낸 환하게 피울 수 있는 행복한 웃음꽃이리라.

산행을 할 때처럼 정상에서만 웃는다면, 우리네 삶에서 웃는 시간도 짧다. 행복한 여유로움도 길지 않다. 물론 웃음치료사가 남을 웃기려고, 아픈 마음의 상처를 잊게 하려고 기술적으로 웃음을 자아내게 하는 것도 의미가 있겠다. 코믹한 프로와 희극배우의 역할도 중요할 것이다. 하지만, 행복은 스스로 느끼며 맞이하는 순간이다. 과정이요, 추구하는 목표다. 누구나 길지 않은 찰나의 인생에서도, 더 짧은 순간에 행복한 웃음꽃을 피우다 이내 지울 때도 많을 것이다. 그러니, 나부터 매순간의 행복한 등(燈)을 켤 수 있으면 더 좋겠다. 평생 교육자답게 그렇게 노력할 것이다. 의지적으로 꺼지지 않는 등불처럼.

성서에도 등불을 켜서 들고 있는 처녀들의 비유가 있다. 신랑 오기를 기다리던 그 처녀들은 막상 필요할 때, 기름이 떨어져 등불이 꺼진 사람도 있고, 기름을 미리 준비한 여인들도 있었다. 여기서 간절한 마음으로 등불을 준비한 여인들의 마음은 모두 같을 것이다. 준비된 기다림이다. 우선순위의 중요함은 어떤 깨달음일까. 그렇다면, 등불을 켜서 들고 있을 때는 기다림 또한 행복함이 아닐까.

행복은 현재형이다. 물론 행복은 목적이 되고 과정에 머무를지라도, 과거에 행복했던 기억과 다가올 미래의 기대도 생각이나 상상 속으로 머물 뿐이다. 오늘 내가 얼마나 행복한가에 따라서 내일도 행복의 여신은 내 곁에 더 오래 머물러 있을 것이다. 해서 나는 앞으로 더욱 그 행복의 여신을 지금 외면하거나 왕따를 시키고 싶지도 않다. 글쓰기도 만찬가지다. 비록 지금 힘들어도, 그 힘듦을 행복으로 느끼며 계속 습작을 할 것이다. 창작을 한다는 것 자체가 고통이요, 고뇌이리라. 하지만 행복으로 여기면서 행복등(幸福燈)을 밝혀 둘 것이다. 만일, 어두워서 가까이 있는 행복을 느끼지 못하는 사람들에게도 넌지시 더듬거려 알아보거나 웃음으로 말하고 싶다. 때론, 약간 희미한 등불이라도, 행복 윤활유로 평생 배우고 익히며, 기쁨과 감사로 행복한 등(燈)을 밝혀 둘 것이다. 그래서 행복등(幸福燈)이 되고 싶다. 새벽을 기다리는 성서 속 등불을 든 여인처럼.

윤영남 | 『월간문학』 수필 등단(1992년), 『좋은문학』 시 등단(2012). 숭실대학교 교육학 박사(평생교육전공). 교수. 국제PEN한국본부 이사. 한국문협 낭송문화진흥회 부위원장. 대표에세이문학회장. 사임당문학회장 역임. 강동문협 명예회장. 작품집 『또 하나의 시작을 위하여』 선사문학상 수상. E-mail: 2000yny@hanmail.net

하수 下手

류경희

　　명월 언니는 대모의 풍모가 넘치는 사람이다. 가냘픈 여인 두 명은 너끈히 이길 몸무게에서 넉넉한 마음 씀씀이, 그리고 술이라도 한잔하면 걸걸한 음색으로 어느 기성 가수 못지않게 뽑아내는 노래 솜씨까지 어느 한 부분도 뒤지는 점이 없었다. 듬직한 풍모의 언니는 어느 자리에서든 빛이 났다.

　　언니의 여러 가지 장점 중 특히 빼어난 특기가 감히 범접하기 힘든 입담이다. 한 날, 모임이 있었는데 구성원의 절반이 처음 대면을 한 자리라 괜히 서먹해서 입이 마르는 분위기였다. 돌아가며 간단한 자기소개가 마무리되자 사교적인 김교수가 척 봐도 리더다 싶은 언니에게 덕담을 건넸다.

　　"여기서 미인을 뵙는군요."

다소 손발이 오그라드는 칭찬에 언니가 파안대소를 했다.

"여기서 평생 두 번째로 외모 칭찬을 듣네요."

언니의 웃음에 졸개 격인 우리는 덩달아 웃음을 흘리며 공손히 언니의 다음 말을 기다렸다.

"제가 대여섯 살 때였는데요. 우리 집에 돈을 빌리러 온 먼 동네 아저씨가 저를 한참 살피더니 '이런 애가 크면 좀 낫다'고 했었거든요."

그 말이 이제껏 들은 미모에 대한 유일한 칭찬이었다는 말에 우리는 사레가 들려 기침을 하면서도 웃음을 참지 못했다. 아쉬운 부탁을 하러 온 터라 뭐라도 칭찬을 해야 할 처지에 놓인 형편 딱한 아저씨의 순박한 말투를 상상하며 대책 없이 터진 웃음이 진정되자 언니는 김교수에게 악수를 청했다.

"제 모습이 어떤 지는 제가 잘 알고 있으니 너무 애쓰지 마세요."

자신을 희화하여 주위를 즐겁게 만드는 재주는 배워서 익혀지는 게 아니다. 겸손하면서도 당당한 그녀의 높은 자존감을 어떻게 존경하지 않을 수 있겠는가.

이렇게 부러운 장점을 타고 난 사람이 더 있다. 정이 넘쳐 가끔 오지랖으로 지청구를 먹기도 하는 푸근한 영희씨가 그렇다.

글쓰기를 좋아하는 영희씨가 문학인들의 모임에 동석했을 때의 이야기다. 전국에서 모인 문인 수 십 명이 점심을 나누게 됐는데 반주로 동동주가 곁들여 졌다. 술잔들이 오고가며 분위기가 무르익자 연배

지긋한 남 시인이 앞좌석에 자리한 젊은 여 시인에게 잔을 권했다. 그런데 빈틈없는 매무새의 단정한 그녀는 술을 마시지 못한다며 정색을 했다.

약간 무안해진 남 시인이 간청하듯 다시 잔을 내밀었다.

"조금만 드리겠습니다."

여 시인은 재차 잔을 권하는 남 시인에게 낮지만 단호한 음성으로 불쾌함을 표했다.

"자꾸 이러시면 저를 희롱하시는 건데요."

화기애애한 친선의 자리가 여인의 항의로 싸늘하게 굳어버렸다. 남 시인의 얼굴빛이 그의 손에 들린 퇴주잔 뚝배기 빛으로 변한 것을 보며 이 난처한 상황을 어찌 수습해야 하나 들숨 날숨이 편치 않았다.

그때 말석에서 조용히 앉아 있던 영희 씨가 자리에서 일어났다.

"선생님, 그 잔 제가 받으면 안 되겠습니까?"

너무나 당황해서 말문조차 굳어있던 남 시인이 무슨 영문인가 싶어 흔들리는 표정으로 영희 씨를 바라보았다.

"저는 인물이 시원찮아서인지 어딜 가나 술을 권하는 분이 없었습니다. 퇴주잔이라도 받아 보는 것이 소원입니다."

영희 씨의 해맑은 말에 남 시인의 얼굴이 부드럽게 풀렸다. 영희 씨가 잔을 받아 동동주로 입술을 적시자 박수와 환호가 폭죽처럼 터졌다. 이렇게 품이 넓은 사람에게 반하지 않는다면 그는 분명 목석이리라.

링컨은 자신이 존경하거나 사랑하는 사람의 공통된 특징이 자신을 웃게 만드는 것이라고 했다. 늘 긴장 속에 살았던 자신이 웃지 않았더라면 이미 죽은 지 오래였을 것이란 링컨의 말이 가슴에 닿는다.

따뜻한 웃음을 주는 이런 친구들이 있어 행복하다. 감탄하며 웃는 것까지밖에 할 수 없는 내가 답답할 때도 있지만 그냥 하수(下手)임을 인정하며 살련다. 하 하 하.

류경희 | 『월간문학』 수필 등단(1995). 국제펜클럽 회원. 한국문인협회 회원. 청주문인협회 회원. 대표에세이문학회원. 수상 : 연암문학상 본상, 청주시 문학상. 저서 : 수필집 『그대 안의 블루』『세상에서 가장 슬픈 향기』『소리 없이 우는 나무』『즐거운 어록』등. E-mail : queenkyunghee@hanmail.net

양손잡이

조현세

그해 받아쓰기 때 왼손잡이로 계속 썼더라면, 나는 고아원에 보내질 뻔했다. 어쩌면 의붓아버지 아래서 오른손잡이로 고쳐졌을까?

1950년대 중반 전쟁 복구가 덜 된 초등학교 책상은 책과 공책 두 개 놓기에도 좁았다. 널판자에 나무토막 다리만 붙인 간이식이었다. 한 반에 70여 명이 복작이며 긴 의자에 세 명이 앉아 받아쓰기를 했다. 그때 내 왼쪽 손등은 빨갛게 부어오르곤 했었다. 왼손으로 쓰니 옆의 아이가 글쓰기에 방해된다며 연필심으로 찔러대고 꼬집기 일쑤였다. 때론 나무잣대로 툭툭 치는 선생님도 무서웠다. 요사이 같으면 교육방침 상 그렇게 한다면 인권 침해란다.

오른손으로 연필을 바꿔 쥐면 힘이 주어지지 않았다. 글 쓰는 왼 팔꿈치는 짝꿍의 오른팔을 부딪치니 방해꾼인 셈이다. 좁은 책상 위에서 삐딱하게 책과 공책을 놓고 쓸 수밖에 없는 오른편 좌석 배치는 최악이었다. 어쩌다 가운데 앉을 때는 형벌의 시간이다. 아이들의 '왼손잽이'라고 병신 취급하는 놀림은 한 학기 동안 계속되었다. 방학 동안 혹독한 연습 결과 오른손으로 글씨를 쓸 때, 다들 내 왼손잡이는 기억조차 하지 않는 듯했다. 어머니는 자신의 홑버선을 나의 왼손에 장갑처럼 끼워 묶어 놓고 받아쓰기 숙제를 시켰다. 공책 몇 권을 빈틈까지 오른손으로 다 채우도록 했다. 그전까지 왼손 글씨는 반듯하고 예뻤었다. 오른손 글씨체는 갈 '지(之)'자처럼 괴발개발이었다. 'ㅇ'과 구분이 안되는 'ㅁ'자도 있지만 차츰 글씨가 모양을 갖추었다. 개학 무렵에는 왼손 글씨 때보다는 빨랐다. 그해 여름 오른손 훈련의 성공은 일생에 큰 변화였다.

우리 세 가족은 1.4 후퇴 때 한강변에서 우왕좌왕하다 폭격으로 가장을 잃었다. 미망인의 외아들은 남녘 친정에 맡길 수밖에 없었다. 시골 아이는 오른손, 왼손 관계없이 들판에 망아지 꼴로 야생 유치원에서 몇 해를 보낸 셈이었다. 어머니는 홀몸으로 도회로 나와 옷 보따리 장사에 익숙해질 때였다. 그사이 훌쩍 큰 아이를 도회지 학교라도 보내야 했다. 입학 후에 왼손잡이로 판별되었으니 '오른손 병신 호로 자식'이라는 놀림만큼은 벗겨내야 했다. 밥상머리에서 양손 쓰는 것이 그저 재주인 줄 알았던 것과 다른 세상에서는 왼손잡이 글쓰기는 이단이다. "왼손으로 계속 글씨 쓰면 느네 엄마는 다른 남정네한테 시집갈 거다." 더부살이하는 송씨 아줌마까지 나를 협박하고 감시한 덕도 있지만, 정말 재가를 해버릴 것만 같은 엄마에게 잘 보이고 싶었다. 아니, 고아원으로 버려질까 두려웠다. 이후 어머니는 평생 혼자 사셨지만.

나의 왼손 던지기는 오른쪽 손잡이들보다 더 멀리 던지곤 했다. 지금도 그렇다. 강한 힘을 쏟아내야 하는 팔씨름, 망치질 등은 왼손으로 해야 제대로 힘을 쓴다. 심지어 축구공도 왼발 차기가 더 잘된다. 중학교 때 오른손 글러브가 없어 야구부 대신 들어간 독서반이 지금의 문학 취향도 있다고 본다. 왼쪽으로 힘이 더 부여된 선천적 요인은 남아있는 셈이다. 결국 양손을 골고루 쓰는 장점을 지니고 산다. 돌아가신 아버지도 왼손잡이였을까. 양손을 다 쓰셨을까? 어머니께 물어보지 못했다. 나의 두 아들은 태생부터 오른손잡이다. 손주는 어떨지? 요즘 세상에선 나를 닮아도 나쁠 건 없지 싶다. 통설은 왼손잡이는 전체의 10% 정도만 태어난다 한다. 양손을 쓰지 않는 것은 좌우 뇌를 온전히 활용하지 못하고 있다는 의학자 말도 있다. 일상사에서 너무 오른손들을 혹사시키며 살아왔다. 두 손이 합쳐야 기도가 이뤄진다.

요즘 고전(古典)을 잉크 찍어가며 펜 촉으로 필사할 때마다 양손잡이로 만들어주신 어머니를 떠올린다. 정채봉 시인의 시구(詩句)처럼 '엄마가 휴가를 나온다면' 한 번도 제대로 해본 적이 없는 그 포옹, 양손으로 힘껏 안아드리고 싶다.

조현세 | 『월간문학』 수필 등단(1995). 한국문인협회 회원. 대표에세이문학회 회원. 저서 : 수필집 『마라톤과 어머니』. E-mail: cityboy982@hanmail.net

잠시 '나'였던 순간

김지헌

　　비 때문인지 오늘따라 절집은 유난히 고즈넉하다. 평소처럼 자세를 가다듬고 앉아 처마 끝에서 똑똑 떨어지는 빗소리를 듣는다. 쉽게 들지 못하는 화두와 빗소리가 엎치락 뒤치락한다. 저 소리를 듣는 존재는 무엇일까. 부모 미생 전에 나는 무엇이었나. 고요한 방 안엔 각자의 화두를 궁구하는 도반들의 의구심으로 가득하다. 시간이 얼마나 흘렀을까. 빗소리와 화두 사이에 소쩍새 울음소리가 끼어든다. 녀석은 법당 근처에 내려와 이 방을 엿보고 있었던 것일까. 화두 챙기랴 빗소리와 소쩍새 울음소리에 화답하랴 면벽한 내 마음이 조금 술렁댄다. 한곳으로 몰입해도 모자랄 판이지만 나는 봄밤에나 찾아오는 손님들을 외면하지 않는다. 오늘은 저들에게도 곁을 내주자. 바람 따라 흔적을 달리하는 빗소리와 소쩍새 울음소리, 저 자연의 소리도 화두일 터이니. 그 소리를 듣는 마음을 따라 들어간다.

오늘 또 하룻밤 도반이 된 그들을 향해 두 손을 모으고, 어둔 바깥으로 나오니 댓돌 위의 신발들이 희미하게 보인다. 대체 어둠은 어디서 오고 밝음은 어디서 오는가. 짐작으로 신발을 찾아 신고 주차장으로 간다. 찬 기 없는 적당한 온도에 작은 우산을 받쳐도 몸을 가릴 수 있는 순한 비가 오는 밤엔 사람의 마음도 순해진다. 앞서 간 사람이 차를 몰고 내 앞을 지나간다. 나도 그를 따라 아름드리나무들 사이로 들어서자 잠든 절집이 뒤로 물러난다.

허, 저 양반 운전이 서툰 것일까. 가랑비 오는 밤 산길을 내려가는 중이라지만 속도가 너무 느리다. 혹시나 잠들었을지도 모를 절 집 식구들을 위한 배려인가. 그렇다면 기꺼이 따라가야지. 일주문을 지나서도 앞차의 속도는 달라지지 않는다. 차 한 대나 겨우 지나갈 수 있는 좁은 길에서 앞차를 추월할 방법은 없으니 그저 뒤꽁무니를 따라가는 수밖에. 슬쩍 백미러를 보니 내 뒤로도 예닐곱 대의 승용차가 따라오고 있다. 이리저리 굽은 길을 돌 때마다 앞차는 거의 속도를 내지 않고 숫제 기어간다. 시계를 보니 서울에서 내려오는 아이들이 열차를 타고 와 도착할 시간이 가까워진다. 만일 늦게 된다면 아이들에게 조금 기다리라고 해야지.

나는 조급해지는 마음을 그렇게 다독이며 앞차와의 거리를 넉넉하게 둔다. 그 순간 앞차가 속도를 더 늦춘다. 반사적으로 브레이크를 밟는 내 눈에 느릿하게 기어가는 두꺼비 한 마리가 보인다. 나는 두꺼비의 반대 방향으로 핸들을 꺾어 그곳을 지나친다. 속도를 늦추면 스쳐 지나가던 대상들을 볼 수 있고 그 대상이 품고 있는 의미와 깊이도 가늠된다. 불빛에 놀란 청개구리가 뛰는 것을 보자, 보이지 않는 생물들도 있을 거라는 생각에 이른다. 주의를 기울이니 헤드라이트에 비치는 작은 생명체들이 더 많이 보인다. 나는 비 오는 밤 그들의 세계에 침입해 불빛을 비추고 매연을 뿜으며 보금자리를 헤집는 무법자였다. 면벽하고 앉아 자신을 들여다볼 생각만 하였지 뭇 생명들에 대한 소중함을 놓치고 있었다니.

오호라! 앞 차 주인은 존재에 대한 존중이 무엇인지를 아는 사람인 게다. 나는 그의 행위에 경이로운 감정이 생겼다. 그리고 섣불리 단정하지 않고 애매한 상황을 견디며 겸허하게 기다려주는 뒤차의 사람들에게도 왠지 고마운 마음이 든다. 나와 너, 사람과 자연이 서로를 내주며 공존하는 시간이다. 경적을 울리며 재촉하지 않은 그들은 이미 앞차의 주인과 이심전심이 되었던 것일까. 생각의 꼬리를 잡고 내려오는 동안 산길을 지나 큰 길로 들어섰다. 앞차는 좀체 속도를 내지 않지만 누구도 그 차를 추월하지 않는다. 버스 종점을 지나 2차선 길이 나오고 추월을 시도해 볼 공간이 나와도 나는 앞차를 선뜻 추월하지 못한다.

아이들이 도착했다는 메시지가 뜬다. 앞차는 여전히 속도를 내지 않고, 나는 이제부터 과속을 감행해도 송정역까지는 15분 이상 걸린다.

모처럼 집에 오는 아이들을 너무 기다리게 해선 안 되지. 좀 전의 마음을 바꿔 앞차를 추월한다. 그는 원래 속도를 내지 않는 운전자였을까. 잠시 동안이지만 나는 혼자 생각하고, 그를 우러르다 이젠 느린 운전자라 판단한 자신의 변덕스런 마음을 들여다 본다. 어떤 내가 진짜 나였을까.

인간의 지각 시스템은 불완전해서 착시가 종종 일어난다. 그럼에도 좀 전의 착각이라면 자주 반복해도 좋겠다. 타인은 나를 비춰볼 수 있는 거울, 그를 통해 잠시나마 사람 본연의 모습, 참된 나의 한 부분을 만날 수 있었을 테다. 인간이 편의를 위해 만든 질서의 범주를 벗어나면 여유를 잃어버리기 쉬운 현실이다. 그런 일상에서 나는 타인의 표정을, 몸짓을 읽는 시력을 얼마나 유지하고 있을까. 말 또는 침묵의 속뜻을 놓치기 십상인 현실에서 그를 향한 믿음이 잠깐의 꿈처럼 스쳐갔다 해도 어찌 면벽의 시간과 견줄 수 있겠는가.

김지헌 |『수필과 비평』(1993),『월간문학』(1996)으로 수필 등단. 2000년『호남신문』, 2002년 『전북일보』신춘문예 소설부문에 당선. 수필집『울 수 있는 행복』『표면적 줄이기』『그는 누구일까』, 수필선집『발자국』『어둠 짙을수록 더욱 빛나지』등이 있으며, 소설집『새들 날아오르다』(2011년 우수도서 선정)『켄타우로스, 날다』『장씨 이야기』등이 있다. 수필과비평문학상(수필), 광산문학상(수필), 신곡문학상(수필), 국제문화예술상(소설), 광주문학상(소설) 등을 수상했다. 조선대학교 문학박사, 동 대학 국문과 외래교수로 있다. E-mail: kim-ji-heon@hanmail.net

바람

정태헌

오색 바람개비

보이지 않는 바람, 만지기라도 하고 싶었다. 바람 속을 헤집고 쏜살같이 달리면 될 것으로 여겼다. 촌동(村童)은 오색 바람개비를 앞세우고 숨이 턱에 차오를 때까지 헐헐대며 달렸다. 그렇게 지칠 때까지 뛰고 뛰었다. 그러나 그저 스칠 뿐, 손에 잡히는 것은 아무것도 없었다. 어떻게 하면 한 번이라도 바람을 만질 수 있을까를 곰곰이 생각했다. 아무리 생각해 보아도 깜냥으론 그 방법밖에 없을 것 같았다. 바람이 모여 사는 강둑으로 나갔다. 그곳에는 서늘하고 때론 차가운 바람이 몰려다니며 붐비고 있었다. 그 바람 속에서 헤매다가 웃옷을 벗어 한쪽은 묶고, 한쪽은 바람 부는 쪽을 향해 열어 놓은 채 한참을 뛰다가 멈춰서 옷 속에 손을 넣어 보았다. 하나 바람이라 인식할 수 있는 것은 무엇 하나 만져지지 않았다.

푸른 목발

만질 수 없는 바람, 야금야금 고양이처럼 다가왔다. 한데 차츰 눈빛을 세우더니 사방을 들쑤셔 어지럼증을 일으켰다. 회오리가 된 바람은 옷자락을 헤집고 가슴팍을 파고들었다. 바람은 영혼을 마구잡이로 뒤흔들었다. 발목이 겨우 여물었지만 혼돈의 계절이었다. 봄은 푸른 목발을 짚고 다가왔다. 벚꽃이 꽃눈개비가 되어 흩날리는 바람 찬 봄날은 까닭 모르게 어디론가 도망치고 싶었고, 어딘가에 처박혀 숨고만 싶었다. 그 증세는 봄마다 치르는 곤욕이었고 속절없이 앓아야 했던 열병이었다. 그때마다 연례행사처럼 며칠은 만취하여 인사불성이 되곤 했다. 도리 없이 골방에 칩거하며 견디곤 했다. 혼란스러운 열기가 가실무렵, 바람은 바다 쪽으로 슬그머니 꽁무니를 빼더니 어느 순간 깜뭇 사라지고 말았다.

떠돌이의 피

사라진 바람, 허기진 첩년을 뒤딸리고 다시 찾아들었다. 해풍이 품은 염분 탓에 갈증으로 피돌기가 빨라졌다. 피가 뜨거워 제자리에 머물러 있을 수가 없었다. 정처 없이 목이 떼인 풍뎅이처럼 맴돌며 사방을 헤맸다. 마음 자리를 틀어잡기 위해 산중 외진 암자에 틀어박혔다. 갈증을 죽이기 위해 생뚱맞게 국어사전 한 권을 처음부터 끝까지 읽어 나갔다. 유폐되어 방안에서 끙끙 앓다가 며칠 만에 밖으로 나와 만난 것은, 또 한 무리의 세찬 바람이었다. 암자에서 내려다본 바람은 야생마처럼 달리고 있었다. 거친 바람으로 숲 속 굴참나무가 심하게 나부대며 뒤척거렸다. 뜻밖에 전복의 쾌미로 피가 얼크러져 들끓었다. 이번엔 숲 속의 바람처럼 떠돌고 싶었다. 그 피 한 방울은 첩년이 낳은 떠돌이의 자식이었다.

모순의 깃발

떠도는 바람, 구꿈맞게도 이편에서 저편을 갈망했다. 일상의 비늘을 벗고 깃발처럼 흩날리고 싶었다. 그 갈망이 아이러니하게도 그를 찾게 했다. 그는 높은 담장 안 감옥에 갇혀 있었다. 푸른 나이에 푸른 깃발 들고 앞장서 달리다 육신이 갇힌 그의 얼굴과 눈빛을 보고 싶었다. 그가 갇혀 있는 곳의 경계엔 높은 담장을 따라 수십 그루의 키 큰 미루나무가 열병하듯 줄지어 서 있었다. 무덥던 여름날, 오종종한 수천 개 미루나무 이파리들은 세찬 바람에 깃발처럼 펄럭이며 그 담장 안쪽을 향해 나부끼고 있었다. 그 위로 작살비가 한 줄금 세차게 쏟아졌다. 감옥 안으로 부는 이파리들은 몸서리를 앓으며 진저리를 쳤다. 수천 개의 깃발은 감미로운 도취, 하나 바라만 볼 수밖에 없는 아쉬움과 어지러운 깃발이었다.

알량한 목구멍

아쉬운 바람, 언제부턴가 무엔가 쫓기는 것도 같고 점점 초조해지기도 했다. 가슴은 잿빛 회한으로 물들어가고 흰 머리칼은 불안함을 재촉했다. 숙면의 밤보다 불면의 밤이 늘어나고 뒤척이다가 새벽을 맞이하곤 했다. 사소하고 공연한 일에 괜히 화를 내놓고 스스로 쓴웃음을 짓기도 했다. 더러 마음이 없는 독한 말을 내뱉기도 하며 짜증을 부리는 일도 잦아졌다. 차츰 이런저런 감정을 채신머리없이 드러내기도 민망스러운 일인지라 돌아서서 혼자 끙끙 앓기가 일쑤였다. 모험할 처지도 아니기에 알량한 선술집에서나 목구멍으로 칼 가는 소리나 해댈 뿐이었다. 세상사가 떨떠름하여 푼수 없이 텔레비전 채널이나 돌렸다. 어느 날, 우우 허공을 달려가는 발걸음 소리가 들려 창문을 열고 바라보니 바람의 몸짓이었다.

대숲의 똬리

달리는 바람, 생의 언저리를 맴돌다가 어지러움과 메마름을 다스려 길라를 잡았다. 야트막한 언덕을 넘어 고향 대숲으로 눈길이 갔다. 몇 년간 죽순을 뽑지 않아서 빽빽하고 칙칙해 바람 한 점 들지 않은 뒤란 대숲, 두어 시간 낫으로 대를 짯짯이 솎아내다 보니 땀이 비 오듯 했다. 어렵게 간벌을 끝내고 뒤쪽을 돌아보자 대숲 안이 환하게 밝아왔고 바람의 길이 만들어졌다. 뒷산 골짝을 타고 흐르던 바람이 대숲을 스치며 들어왔다. 비로소 댓잎이 수런거리는 소리가 귓바퀴 안으로 선명하게 들려왔다. 대숲이 바람에 술렁거렸다. 순간, 바람 한 줄기가 앙가슴을 관통하며 나직이 내뱉는 말소리가 귓전을 스쳤다. 단단한 호두 껍데기 같은 아집, 죄벌과 교만에 얼룩진 채 무명(無明)이 희미하게 똬리를 풀고 있었다.

만추의 뼈

술렁이는 바람, 서늘하게 이마를 스쳐 지나갔다. 비루한 속뜰, 바람은 빈 들판에 스스로 서게 하였다. 생을 지탱해 줄 기본 조건들이 모두 거두어진 황량한 들판에서 만난 것은 갓맑은 바람이었다. 태어나기도 전에 불었고, 지금을 거쳐, 내가 사라진 이후에도 불 그 바람에 영육을 맡기면 안일과 타성의 더께에서 벗을 수 있을 것만 같았다. 다행히 바람은 탐착과 나태를 조금씩 깎아서 거두어갔다. 이젠 가을걷이 끝난 빈 들판에서 그 바람을 순한 눈매로 맞이하고 있다. 들판에서 허수아비 되어 바람을 맞아 자신을 스스로 곧추세울 수 있는 단단하고 정갈한 뼈 하나 만들어야겠다. 때를 벗고 살을 깎아내 톺아보면 투명한 뼈를 맞이할 수 있으리라. 하면 남루한 곁을 벗고 결곡한 무애(無碍)를 만날 수가 있지 않을까 싶다.

정태헌 |『월간문학』수필 등단(1998). 한국문인협회, 대표에세이문학회 회원. 수상 : 광주문학상, 현대수필문학상 등. 저서 : 수필집『동행』『목마른 계절』『경계에 서서』『바람의 길』『여울물 소리-선집』등. E-mail: lovy-123@hanmail.net

춤추는 풀

김선화

소리에 몸을 떠는 식물이 있다. 음악을 들려주면 이파리들이 덩달아 율동을 한다. 은밀한 귀라도 열린 듯 박자에 맞춰 줄기 끝 작은 잎들이 살랑대는 모습이 앙증스럽다. 무초(舞草), 외국에서 들여온 풀이란다. 식물체 안의 물관 이동에 따라 세포 속 압력이 변하여 음악에 반응해 춤추는 듯 보인단다. 컵 안에 든 물이 고음에 일렁이는 이치와도 같이 진동의 폭을 육안으로 확인할 수 있다니 놀랍고도 해학적이다.

그러고 보면 무초의 물관이라는 통로에는 오묘한 울림통이 숨어있는 게 확실하다. 즉 수맥관이 움직일 때마다 잎이 생기를 띠는 공명현상 말이다. 공명(共鳴), 이 얼마나 아름답고 멋진 말인가. 나는 글쓰기에 앞서 항상 정신 가다듬는 행위를 우위에 두는데, 손을 자주 씻거나 손발톱을 말끔히 잘라낸다. 옷도 최대한 간소하게 입고, 거추장스런 머리카락 한 오라기도 흘러내리지 않도록 여민다. 그리고 나서 지극히 고요의 안뜰로 걸어 들어간다. 지나친 상승기류는 한 호흡 누르고, 하향곡선으로 추락하는 의식도 붙잡아 적절한 자리에 놓으려고 한다. 그리고 밀도를 꾀하여 되도록 말 않고 말하기에 대해 고심한다. 이러한 시선 속에서 자연적 대상을 통한 형상화 작업이 이루어진다.

이러한 내 몸속엔 고유의 소리 울림통이 들어 있다. 아니, 사람들은 누구나 울림통을 지니고 살아간다. 그곳이 머릿속일 수도 있고 가슴 복판일 수도 있고, 이 둘 사이를 오가는 길목 어디쯤에 은밀히 자리 잡았을 수도 있고 그 밖일 수도 있다. 명확히 어디라고 딱 짚어내기는 어려운 이 작고도 커다란 것에 의해 사람들은 울고 웃는다. 희로애락에 공감하여 고개를 끄덕이거나 흠씬 눈물을 짓는다.

작은 들풀들의 흔들림이라 할지라도 그것들이 사람 살아가는 이야기로 내면의 상(想)에 비칠 때, 나는 그 미미한 소리들조차 문장으로 새김질한다. 거칠거나 설은 곳을 어루만지는 동안 스스로도 깜짝 놀랄 만한 의미가 만들어져 제3의 울림통이 신선한 소리로 가득 찰 때 더없이 뿌듯하다. 그 파장에 따라 으쓱으쓱 춤이라도 한바탕 추고 싶어진다. 가감 없는 대 자유의 정신운동이 일어나는 순간이라 해야 맞을 것이다. 이때 비로소 살아있음을 느끼게 된다. 무한한 생의 환희에도 에워싸인다. 크든 작든 굵든 여리든 다양한 이야깃거리들이 내게로 와서 새로운 소리를 얻어 세상 밖으로 나가는 것, 나는 이 일이 쉬 멈추어지지 않는 사람이다. 그래서 외양으로는 전혀 출줄 모르는 춤을 가무려, 글자의 조합 속에서 언어로 덩실거린다.

더러는 손 놓고 눈 감고 멍한 상태로 무아의 세계에 들어보려 하지만, 어느 틈에 각양각색의 소리들이 내재된 울림통을 채우고 만다. 인위적으로 끊어내려 해본들 차단되는 것이 아니어서 차라리 흐름에 맡겨둘 때가 있다. 산책을 나가면 산들바람이 말을 걸고, 뒷산 바위들이 벌떡벌떡 일어나 저마다의 형상으로 뚜벅거리는가 하면, 둥실 떠가는 창공의 구름조차 씽긋씽긋 웃는다. 이렇다 보니 가까운 누군가가 아프면 온 가슴이 얼얼하고, 살얼음판 위를 걸으면 함께 숨죽이며, 희열에 차 있기라도 하면 단번에 그 기운을 알아차려 입 찢어지게 한바탕 함박웃음을 짓게 된다. 그것이 하물며, 부모자식간의 울림임에랴.

어느 때는 소소한 사물의 말귀를 알아들을 수 있어 참 다행이란 생각도 든다. 예서 사물의 소리라 함은 곧 사람살이의 언어로 조곤거리는 일깨움이다. 어차피 대상의 소리를 들을 줄 아는 소명을 부여받은 바에야, 귀로 듣고 눈으로 보아 얻은 웅얼거림을 통 안에 쟁여두고 하나하나 살펴보는 일에 소홀하지 않을 일이다. 적잖이 부대끼며 물상의 미세한 결을 알아가는 이 절차가 곧 소통의 눈빛이고 몸짓이다. 만약 이 과제에 게을렀다가는 소리다운 소리를 만나기 어렵고, 그럴싸한 춤사위 역시 구사될 리 만무하다.

하여 나는 더욱 사물과 사물사이의 마찰음이나, 서로 응수하며 일어

나는 진동의 폭에 마음의 키를 연다. 수관의 진동 따라 나풀거리는 식물과도 같이, 공명의 소리 한 소절씩을 받아 적는 심부름꾼이 되어 너울거린다.

김선화(金善化) | 『月刊文學』 신인상에 수필(1999)과 청소년소설(2006) 등단. 국제펜클럽, 수필문우회 회원 등. 저서 : 수필집 『포옹』 외 7권. 청소년소설 『솔수펑이 사람들』 외 1권, 동화집 『호두도둑 내 친구』, 시집 『인연의 눈금』 외 3권. 수상 : 한국수필문학상, 대표에세이문학상, 대한문학상(詩부문), 전국성호문학상 외. E-mail: morakjung@hanmail.net

계 단

박경희

    나는 나를 '계단'에 비유할 때가 많다. 계단은 결코 한꺼번에 오를 수 없다. 한 발자국씩 올라야 가능하다. 내가 원하던 삶도 마찬가지다. 나는 늘 오르고 싶은 계단이 눈앞에 있었다. 그럴 때마다 인내와 성실이라는 무기를 발판삼아 계단을 올랐다. 가끔은 인생 계단의 중간 지점쯤에 앉아 숨 고르기를 할 때가 있다. 지금까지 올라온 길을 내려다보며 심호흡을 하기도 하며, 위를 바라보기도 한다. '아직도 내게는 다가서고 싶은 꿈이 있다'는 것을 발견할 때면 절로 미소가 나온다.

    더 올라야 할 계단, 즉 목표가 있다는 것이 행복하다. 나의 계단 이야기 속으로 잠깐 들어가 볼까 한다. 아침에 눈을 떴을 때 그날 할 일이 있다는 것은 축복이다. 생각해 보면, 내가 어디를 가든 당당하게 '작가'라는 명함을 내밀 수 있게 된 것은 하루아침에 된 것은 아니었다.

나를 작가로 만든 것은 내 안에서 꿈틀대던 열망이었다. '나는 나'이길 갈망했다. 나는 방송 일을 하면서도 청소년 소설을 썼다. 청소년을 위한 글을 쓰는 순간, 힘이 솟았다. 내게 잘 맞는 옷을 입은 듯한 편안함이랄까. 사명감이 느껴졌다.

어느 날 내게 탈북 청소년들이 왔다. 그들을 만난 건, 작가인 내게 선물과도 같은 존재다. 나는 탈북대안학교에서 청소년들에게 글쓰기 지도를 하면서 참 많은 영감과 소재를 얻었다. 내가 만난 아이 중 그 누구도 사연이 없는 예는 없었다. 모두가 아프고 아팠다. 그들은 아픈 만큼 성숙했고 원대한 꿈을 갖고 있었다. 그들의 이야기를 르포로, 동화로, 소설로 쓰는 작업을 하면서, 나는 원대한 꿈을 갖게 되었다.

아직 가야 할 길이 멀고, 더욱 견고해져야 할 내 문학의 집이지만, 나는 지금 이대로가 너무 행복하다. 아침에 눈을 뜨면 해야 할 일이 있다는 것이 얼마나 감사한지! 한 계단 한 계단 올랐기에 육십이 된 이 나이에도 더 오를 계단이 보이는 것 아닐까.

무엇보다 나의 글을 기다려주는 출판사가 있다는 것은, 대단한 행운이 아닐 수 없다. 나는 감사하는 마음으로 오늘도 씨실과 날실을 엮는 심정으로, 책상에 앉아 있다. 가끔은 내가 제대로 가고 있는 것인지, 불안해질 때가 있다. 나이를 인식할 때면 더욱 그렇다. 젊은 작가들의 반짝이는 필체와 기발한 소재를 바탕으로 쓴 글을 읽으면 의기소침해졌다. 그럴 때마다 나는 마음을 다스리기 위해 서재를 찾는다. 내게 책은 스승이요, 멘토이며 매서운 채찍이자 위로자이기 때문이다.

에릭 뒤당이 쓴 『50세, 빛나는 삶을 살다』라는 책이 나에게 손길을 내민다. 인생 후반기에 불꽃 같은 삶을 산 30인의 도전과 열정이 담긴 책이었다. 코코 샤넬은 71세에 패션계를 다시 평정하고, 알프레드 히치콕이 〈사이코〉를 찍은 나이가 61세였으며, 빅토르 위고가 『레 미제라블』를 발표한 나이는 60세였다. 미구엘 데 세르반테스가 『돈키호테』를 쓴 나이가 58세라는 데 큰 힘을 얻었다. 박완서 선생님은 알려진 것처럼 마흔이 넘어 문단에 나오셨다. 그 후로 왕성한 작업을 하셔서 젊은 작가들 못지않게 작품 활동을 하시다 돌아가셨다.

소설로 등단하기 전, 방송 취재 차 나는 박완서 선생님을 인터뷰할 기회가 있었다. 일로 찾아갔기에 일단 필요한 인터뷰부터 했다. 선생님은 내게 큰언니처럼 친절하게 대해 주셨다. 그 따뜻함에 이끌려 나도 모르게 속내를 털어놓고 말았다.

"선생님, 실은 저도 소설 쓰고 싶어요."

대작가 앞에서 소설을 쓰고 싶다는 말이 부끄럽긴 했지만 내심 선생님의 격려와 응원을 기대했다. 그런데 갑자기 분위기가 썰렁해졌다. 지금까지 온화하던 선생님의 얼굴이 굳어 가면서 냉기마저 돌았다. 나의 얼굴을 찬찬히 들여다보시던 선생님은 조용히 말씀하셨다.

"정말 소설을 쓰고 싶다면, 집안의 걸레가 말라비틀어지는 것을 보고도 앉아 자기만의 글을 쓸 정도로 독해야 해요. 치열하지 않으면 안 된다는 말입니다. 어설프게 그냥 소설을 쓰려면 지금 하는 일 하면서 행복하게 사세요."

뒤통수를 한 대 맞은 기분이었다. 정신이 바싹 들면서 소설에 대해 참 많은 생각을 하게 되었다. 소설을 쓰려면 단단히 마음먹어야겠다고 다짐하게 된 계기였다. 열심히는 달려왔지만, 왠지 내가 온 길에 대한 확신이 안 설 때마다 박완서 선생님과 대화를 나누던 때를 떠올리곤 한다.

'그래, 나는 이제 시작이다. 그러므로 치열하게 쓰고, 열심히 읽고, 탐구하자. 박완서 선생님의 빛나는 글 세계가 하루아침에 이뤄진 것이 아닌 것처럼. 내 글 밭 또한 갈고 닦다 보면 언젠가는 빛을 보게 될 것이다.'

소여물 되씹듯 나는 책상에 이 말을 적어놓고 수시로 읽었다. 박완서 선생님의 따끔한 충언은 지금까지도 나의 나침반이자 지침서가 되고 있다.

여전히 내 앞에는 오르고 싶은 계단이 많다. 천천히. 서두르지 않고 오르다 보면, 정상에 오르는 기쁨을 누리는 날이 있을 것이다. 그날을 위해 오르고 또 오른다.

박경희 | 『월간문학』에 단편소설 「사루비아」로 등단(2004). 20여 년간 라디오 방송에서 구성작가 일을 했다. 2006년 한국방송프로듀서연합회의 '한국방송라디오 부문 작가상', '대표에세이' 문학상을 수상. 지은 책으로는 청소년 소설 『버진 신드롬』 『난민 소녀 리도희』 『류명성 통일 빵집』 『고래 날다』 『분홍 벽돌집』 외 다수의 책이 있음. E-mail: park3296@hanmail.net

전생에 바보였을까

청정심

학교와 집밖에 모르다가 신랑을 만나 한 달 만에 결혼식을 올렸다. 밥도 할 줄 몰랐고, 반찬은 물론 길쌈도 못했다. 그러니 시집와서 시어머님께 혼날 만도 했다. 하지만 일을 못해 혼나는 것은 얼마든지 받아들일 수 있었지만 애매한 일로 괴로움을 당하는 것은 참기가 어려웠다. 그래도 친정에서 받은 교육으로 참아냈다.

시집가면 장님 3년, 벙어리 3년, 귀머거리 3년을 살아야 한다는 것, 쓰러지는 순간까지 입을 다물고 일을 해야 한다는 것, 죽어도 시집 울타리 안에서 죽어야 한다는 것들이 나를 압박해 왔다. 오죽 바보스러웠으면 시어머님께서 나에게 '똑똑한 놈 죽은 폭도 안 된다'는 말씀을 하셨고 동서들 많은 집으로 시집갔으면 얻어먹지도 못할 것이라는 말씀도 자주 하셨다. 남편에게 시집 올 후보자들이 많았지만 때 묻지 않은 나를 선택했다고 했다. 나는 정말 바보스러웠다.

결혼한 지 16년 만에 나는 처음으로 화를 내며 그동안 쌓였던 말을 터뜨렸다. 어떤 일을 당해도 말을 않고 살다보니 너무 무시하는 듯해서 포문을 연 것이다. 시누이들은 내가 손윗사람인데도 함부로 대했다. 깜짝 놀란 그들은 잠시 반성하는 듯 보였으나 섭섭한 일은 계속 이어졌다. 그때부터 내가 한 일은 기도였다. 남편도 자식도 중한지도 모르고 부처님과 스님만 바라보며 기도에 빠져 살았다. 부처님 말씀에 '나'의 마음가짐이 원초적인 씨앗(因)이 되고, 그 마음가짐에 맞는 갖가지 연(緣)이 합해지면 이런저런 업(業)을 지어 갖가지 과(果)라는 결실을 거두어들이게 되는 것이라는 말씀을 명심하며 살았다.

나는 누구든 친해지고 싶다고 일부러 그 사람에게 가까이 간 적은 없다. 많은 세월 동안 만나고 스쳐 지나가다 보면 자연히 친해지는 사람이 생겼다. 그런 사람은 내 가족과 같은 사람으로 대했다. 한 번도 남이라고 생각해 본 적이 없다. 그런데 상대방은 그런 것 같지 않다. 누구든지 좋은 것이 있으면 내 가족부터 생각하는 것이 보통이다. 그런 나를 보고 정상이 아니라고 꾸짖는 사람도 있다. 타고난 태생 같다. 전생에 밖의 사람들하고만 정을 두고 산 것은 아닐까 하는 생각도 해 본다. 아무튼 내가 나를 생각해도 정상이 아닌 것 같다.

사람은 누구와 사랑을 할 때 가장 아름답고 순수하다고 생각한다. 설사 불륜이라 할지라도 그때의 마음은 누구도 말릴 수가 없다고 생각하기 때문에 나는 남편에게 마음껏 사랑하라고 했다. 내 남편은 다른 여자와 만나더라도 가정을 버릴 사람은 아니라는 것을 믿고 있었기 때문이다. 남편은 바람을 피우는 것도 든든한 아내가 있기 때문이라고 말한다. 남편은 평생 나름 멋있는 사랑을 마음껏 한 사람이다. 젊어서 마음 놓고 즐기게 해 준 보답으로 노후를 더욱 행복하게 해주고 있다. 지금도 바람을 피워도 좋으니 남편이 건강했으면 좋겠다. 남편이 누구를 사랑할 때 나도 행복했으니까. 이런 내 마음을 주위 사람들은 절대 이해를 못한다고들 한다.

전생에 익힌 습이 현생으로 자연스럽게 이어진다고 했다. 나는 아무리 좋은 보석이라도 둘 이상은 없다. 같은 것이 둘일 때는 누구엔가 꼭 주어야만 했다. 무엇이든지 쌓아 놓고는 못 사는 성격이다. 왜 그렇게 주는 것이 좋을까? 나의 소원은 주위 가난한 사람들이 원하는 대로 행복을 주는 일이다. 복을 많이 짓지 못해 그것이 항상 안타까울 뿐이다.

왜 그런지 나에게는 언제나 애매한 소리와 구설이 따라다니고 있다. 그 이유를 나는 모른다. 전생에 어떤 풀지 못했던 일이 금생에 이어진 것이라고 생각할 수밖에 없다. 전생에 나는 사람들에게 받기만 하고 하나도 갚지를 못했을까? 아니면 애매한 말로 남들을 울렸던 사람이었을까? 인과응보를 알기 때문에 순순히 받아들이고 싶다. 모든 나쁜 인연은 금생에 다 벗어버리고 내생은 걸림 없는 삶으로 성불을 기원할 뿐이다.

오늘도 '나'는 전생에 어떤 삶을 살았으며 어떤 사람이었을까? 그런 화두를 가지고 내생은 금생 같은 삶이 되지 않기를 바라며 기도하고 또 기도할 뿐이다. 먼 세계에 내가 다시 자비로운 부처님으로 태어날지 누가 알겠는가?

청정심 | 『월간문학』수필 등단(2002년). 국제 펜클럽 한국본부, 한국문인협회, 음성문인협회, 대표에세이 회원. 수상: 불교 청소년도서 저작상, 연암 문학상 본상. 저서: 수필집 『청향당의 봄』 『내 마음에 피는 우담바라』 『내 안에서 만난 은자』 등. E-mail: cjseda@hanmail.net

꽃빛 잔결

김윤희

강가에 서서 잠잠히 흐르는 강물을 바라본다. 이 골짝 저 골짝에서 모여든 계곡물이다. 속으로 삭이며 저를 다스려온 여정이 읽힌다.

계곡을 흐르다보면 온몸이 하얗게 부서질 때가 있다. 산을 찾는 이들이 발 담그며 시름을 달래노라면 졸졸졸 절로 콧노래가 난다는 이야기가 청량하다. 절벽 아래로 고꾸라지고, 때론 소쿠라지며 기진해져 소(沼)에 이르기까지의 사연이 뭉클하다. 그래도 쉼을 멈추지 않아 여기에 다다른 강물, 물길 따라 흘러온 그들의 삶에 귀를 기울인다.

시새움 달에 한바탕 홍역이 돌았다. 산수유와 개동백이 먼저 용기 있게 열꽃을 피웠다. 이에 힘입어 움쭉움쭉 꽃잎들이 얼굴을 내밀기 시작한다. 겉으로 열꽃이 오르면 이내 홍역은 잦아든다. 다양한 삶이 본격적으로 봄 동산에 이름을 올렸다.

쪼그리고 앉아 보아야 눈에 띄는 풀꽃, 꽃다지 제비꽃이 쑥스러움을 가득 안고 있다. 앙증맞은 모습에 저절로 미소가 머문다. 휘휘 둘러보면 그저 쉽게 눈에 띄는 벚꽃, 진달래 개나리가 함께 어울려 핀다. 그들은 여럿이 어울려야 비로소 거대한 꽃무리를 이루어 낼 수 있음을 이미 알고 일시에 손잡고 나선 거다. 떨어져 내리는 꽃잎도 춤추며 함께하기에 그마저도 아름다울 수 있다. 올려다 보이는 목련의 우아는 누구도 부인할 수 없는 아름다움이다. 하지만 곁에 소소한 풀꽃들이 함께하지 않으면 결코 봄의 여왕 노릇을 할 수가 없다. 찬연한 봄날이다.

우연히 강가를 거닐게 됐다. 일곱 빛깔 수필이 흐르는 강이다. 이 골짝 저 골짝에서 흘러내린 계곡물이 하나둘 만나 한 줄기 강을 이뤄 가는 곳에 나만의 산책로를 만들어 이름 붙여본 강가다. 그동안 혼자 피고 진 꽃무리에 비로소 눈길이 간다. 각자 이름을 갖고 있었겠지만 아무도 눈여겨보지 않은 풀꽃, 그들을 수필이 흐르는 강가로 불러냈다. 용기 내어 처음 이름을 올린 이들이 글눈을 트고 동행이 됐으면 싶어 손을 내밀어 앉혔다.

이 세상 이름 없는 꽃이 어디 있으랴, 아름답지 않은 꽃이 어디 있으랴, 그럼에도 그들은 어버이를 위해, 자식을 위해 나를 잊었다. 쉼 없는 삶을 살아내느라 꽃인 줄도 모르고 이름도 없이 지내왔을 터이다.

어느 날 문득, 자신의 거울 앞에 웬 늙수레한 여자가 얼굴을 디밀고 빤히 쳐다보더란다. 소스라쳐 돌아보니 그게 자기 자신이더라는 말이 풀잎에 이슬처럼 맺힌다. 그랬다. 그들은 분명 꽃이었다. 자세히 보면 얼굴 한 구석에 보일 듯 말 듯 꽃잎 하나 미소를 머금고 있다. 남 앞에 나를 드러내는 것이 떨린다면서 자신의 삶을 어색한 듯 수줍게 풀어내는 모습에서 사랑을 품을 꽃망울을 발견한다. 쪼르르 강가에 나앉은 그들의 마음은 벌써 토끼풀꽃 시계를 만들던 시절로 시곗바늘을 되돌리고 있다. 온 얼굴에 해사한 꽃빛이 여울진다.

수필이 흐르는 강가에 다시 섰다. 이야기보따리를 풀어 놓는 모습은 여전히 수줍다. 무심하게 느꼈던 가족애를 마음으로 맞던 감동과 상기되어 아슴아슴 어린 시절을 불러오기도 한다.

하늘의 부모님을 만나 하얗게 밤을 밝힌 얘기며 소소한 일상에서 발견한 작고 달달한 행복의 맛을 느낀다. 발길 멈추고 잠시 낮게 엎드려 풀꽃에 눈맞춤하며 잊고 있던 자신을 찾아가는 여정이 고스란히 녹아 있다.

하찮은 것에서 소중함을 찾아내는 눈썰미가 새롭고, 인연을 귀히 여기며 쉬 곁을 내주는 마음씨가 곱다. 속내 풀어 글로 형상화하는 솜씨는 맛나고 정겹다. 자애로운 여인의 맵시가 강물로 깊어지고 있다. 잠잠히 수필이 흐르는 강, 발그레 꽃빛 잔결이 인다.

김윤희 |『월간문학』수필등단(2003년). 한국문인협회. 대표에세이 문학회 회원, 한국수필가협회 회원. 충북수필문학회, 진천문인협회 부회장. 도란도란 문학카페 수필 강의. 중부매일 '삶&수필' 연재, 충청일보 '충청시평' 연재 중. 수필집『순간이 둥지를 틀다』『소리의 집』『사라져가는 풍경』. 대표에세이문학상, 충북예술인 공로상 수상. E-mail: yhk3802@hanmail.net

나는 ☐☐이다

3

드라마

나홀로족

김현희

함께 있되 거리를 두라. 그래서 하늘 바람이 그대들 사이에서 춤
추게 하라.//…함께 노래하고 춤추며 즐거워하되 서로는 혼자 있
게 하라. 마치 현악기의 줄들이 하나의 음악을 울릴지라도 줄은 서
로 혼자이듯이.//…함께 서 있으라. 그러나 너무 가까이 서 있지는
말라. 사원의 기둥들도 서로 떨어져 있고, 참나무와 삼나무는 서로
의 그늘 속에선 자랄 수 없으니.

— 칼릴 지브란, 『예언자』 중에서

젊은 시절 많이도 좋아했던 칼릴 지브란의 『예언자』 중 한 부분이다.
그 시절에는 깊은 깨달음 하나 없이 그냥 멋져 보이기만 했던 책의 구
절구절들이 이제 하나하나 가슴에 와 닿는다는 것은 더해가는 나이 탓
일까.

요즘 나홀로족이란 단어가 심심치 않게 눈에 띈다. 나홀로족이란 사전적 의미로 혼자 사는 사람, 또는 다른 사람들과 어울리는 것보다 식사나 여가 따위를 혼자 하며 혼자 시간을 보내는 것을 좋아하는 사람이나 그 무리를 말한다. 그렇다면 나 또한 그 범주에 속하는 듯하다. 솔직히 나는 '혼자 놀기'의 익숙함과 편안함이 좋다. 십여 년을 다니고 있는 박물관 강의를 들으러 갈 때는 물론이고 산책이나 운동, 좋아하는 영화를 보러 갈 때도 거의 나는 혼자이다. 아니 혼자이길 즐기는 편이다. 그러다 보니 남의 관심을 끌지 않는 넓은 실내에다 좋아하는 초밥집이라 이따금 혼자 먹으러가는 단골 음식점도 생겨, 가끔 동행자가 있으면 눈에 익은 직원이 다시 인원수를 확인하기도 한다. 평소 즐겨 앉던 자리가 남아 있다는 안내와 함께.

그리고 굳이 표현하자면 '함께, 그리고 따로' 아닌 ' 따로, 그리고 함께'라는 문장에 더 끌리는 편이다. 사실 그 둘에는 미세한 차이가 있다. 최소한 나에게는. 늘 함께 어울리면서 가끔 자신만의 시간을 보내는 것이 아닌, 평소에는 혼자 보내며 가끔은 가까운 사람들과 어울려 즐거운 시간을 보내는 것이 더 마음을 끌기에 나에게는 후자가 더 매력적으로 다가온다. 그렇지만 나는 안다. 가끔 느끼는 허전함, 그 뒤에 어울리는 정겨움이기에 더한 즐거움과 충만감을 주는 것이라는 것을. 또한 소중한 사람들이 주위에 있다는 믿음이 있기에 혼자 느끼는 시간을 더욱 아껴가며 즐길 수 있는 것이라는 것을.

혼자 다니며 혼자 즐기는 내가 걱정이 되어서일까. 아들아이가 걱정스럽게 얘기하고는 한다. 지금은 가까운 곳에 살고 있어 괜찮지만 만약 멀리 이사 가서 자주 못 오면 허전하지 않으시겠냐는 것이다. 그러니 사람들과 자주 어울리라는 뜻이렷다. 하지만 아들아이와 딸아이는 알고 있을까. 남편과 아이들, 가족들과 함께하는 시간이 정말 즐겁고 행복하지만, 그리고 내가 너무나 사랑하는 너희들이지만 때로는 너희들조차 오면 반갑고 가면 더 반갑다는 것을.

나는 신록이 좋다. 화려한 꽃이 아니라 돋아나는 푸른 잎사귀에 마음이 끌린다면 나이가 들어간다는 뜻이라 한다. 그래, 그러고 보니 나도 언젠가부터 그리된듯하다. 나이가 든다는 건 늙어가는 것이 아니라 익어가는 것이라 한다지. 혼자 걷고 혼자 공부하고 혼자 놀기에는 익숙해졌으니 이제 더 나이 들기 전 홀로 여행이나 꿈꾸어 볼까. 며칠간이나마 동해 쪽 국내 여행은 시도해보았으니, 아직 못 가본 지역의 해외 쪽 여행은 어떨까. 얼마 전 석양이 물든 시각, 포르투갈의 아름다운 항구 도시 포르투에서 마주친 홀로 배낭을 멘 젊은이들이 참으로 부럽고 멋져보였던 기억이 있다. 하지만 본인은 아무래도 여러 여건상 자유여행은 자신 없을 테고, 비록 모르는 사람들과 함께하는 패키지여행일지라도 그 또한 어떨까. 또 다른 색깔의 홀로여행이 되겠지. 다른 가족과 친구들이 팀을 이룬 속에서 시쳇말로 군중 속의 고독을 느끼며 '외로운 섬'이 될지도 모르지.

그래서 조금은 두렵기도 하지만 서서히 젖어드는 외로움이 편안해
지며 풍경에 오롯이 몰두하는 여행, 채워진 충만감보다 비어있는 허전
함으로 묘하게 끌리는 여행, '홀로여행'이 한 걸음씩 서서히 매력적으
로 다가온다.

그래, 난 어쩔 수 없는 나홀로족일까.

김현희 |『월간문학』수필 등단(2004년). 한국문인협회, 한국수필가협회. 대표에세이문학회
회원. 부산대학교 졸업. 박물관대학 수료. 수상: 대표에세이문학상. 저서 : 수필집『진주목걸
이』. E-mail: hyun103@hanmail.net

자연과의 교감

옥치부

　　지난 초여름 국립 백두대간 수목원과 봉화약용식물연구소를 방문하게 되었다. 서울과 부산에 한약재 관능검사 위원들과 서울대 생약학 명예교수, 의약품시험 연구원 다수와 함께하는 자리여서 평생 한약을 다루는 사람으로서 더욱 뜻있는 시간이었다.

　　백두대간 수목원에서 불편한 노구에도 불구하고 산길을 한 걸음 한 걸음을 젊은 일행과 손을 맞잡고 나란히 걸었다. 중도에 포기한 교수도 있었지만 늘 산을 즐겨 찾는 나는 힘들지만 목적지까지 호연지기로 임했다. 대자연 앞에 삶을 새롭게 해석하며 깊은 회한에 젖는 계기가 되었다. 위세 당당한 싱그러운 녹음들도 계절이 바뀌고 나면 머지않아 만산홍엽으로 조락(凋落)의 계절로 가듯 우리의 삶도 닮지 않았는가.

　　숲 해설가들의 해박한 전문지식이 가미된 해설을 들으면 숲길 걷기는 한층 의미가 깊어진다. 숲은 그저 나무들이 빽빽하게 들어찬 녹색 지대만으로 설명되지 않는다. 숲의 규모, 생태환경, 지질, 구성체 등 숲에는 식물만 존재하는 것이 아니라 미생물, 벌레, 새, 짐승과 광석, 해충과 도궁, 사람을 공격하는 멧돼지도 서식한다. 아직 학계에 보고되지 않은 세균을 가진 종(種)도 있어 숲에서 함부로 행동함을 경계해야 할 판이다.

나의 소년기는 산을 떼어놓을 수 없을 만큼 친숙한 공간으로 나무의 나이테처럼 나무와 함께 정신연령도 해마다 늘어났었다. 고향의 옛집에서는 장지문만 열면 빽빽한 솔밭과 밤나무 숲으로 우거진 우리 갓밭이 보였다. 지금도 그 산의 모습과 색깔은 내 마음속 깊숙한 곳에 섶을 치고 있다. 그 갓 밭이 우리 집 소유였다는 것 이상의 의미를 지니고 있다. 조상의 숨결이 배어 있고 나의 발자국이 찍혀 있으며, 나를 알아보는 메뚜기, 산비둘기와 산딸기나무, 도토리나무가 건재하리라는 상념에 젖는다.

그곳 산은 나의 공부방이었고 놀이터였으며 좀 더 커서는 수도장(修道場)이었다. 괴로움과 외로움을 달랠 수 있는 쉼터이기도 했다. 화랑(花郎)들은 산천경계가 좋은 명산을 누비며 심신을 단련했다는 이야기를 떠올리며 그들 못지않게 나만의 수련장이 바로 그곳 갓 밭이었다.

도인(道人)이나 선인(仙人)들이 만년에 속세를 벗어나 심산유곡에 들어가 신선이 돼 사라졌다는 설화를 나는 의아해하지 않는다. 산의 포용력과 선비에 내가 경도(傾倒) 되어서이다.

청산은 나를 보고 말없이 살라 하고
창공은 나를 보고 티 없이 살라 하네
사랑도 벗어놓고 미움도 벗어놓고
물같이 바람같이 살다가 가라 하네

靑山兮要我無語(청산혜요아무어)
蒼空兮要我無垢(창공혜요아무구)
聊無愛而無憎兮(료무애이무증혜)
如水如風而終我(여수여풍이종아)

　나옹서사(懶翁旋師)의 선시를 가끔 되새기며 첫 구절을 화두삼아 정
구업진언(淨口業眞言)을 암송하기도 한다. 산은 어디나 있고 누구나 오
를 수 있으나 그저 오르는 것만이 아니라 내 마음속에 있는 산을 천천
히 오르고 내리면서 산이 깨우쳐주는 말에 귀를 기울이면 한층 정신이
맑아지고 힘이 나기도 한다.
　이즈음에는 산을 찾는 사람들도 많이 늘어났다. 뿐만 아니라 숲길 걷
기, 둘레길 걷기를 즐기며 자연과 가까이 하려는 사람들이 많다. 올레
길, 둘레길, 부산 갈맷길 등을 정답게 걸으며 철학자인 양 천천히 걷는
붐이 일었다. 늘 산을 오르며 숲과 나무와 풀과 대화하며 그들의 상생

과 공생을 보게 되고 그 미천한 생명들과 교감한다. 올여름 이글거리는 태양 아래 초록 숲 속에서 가슴 뿌듯한 가르침을 받고 교훈을 얻는 계기가 되었다.

옥치부 |『월간문학』등단(2005년). 경남 거제 출생. 동아대학교 법학과 졸업. 현 광보당 한약방 대표. 한국문인협회, 대표에세이문학회, 월간문학 부산동인회, 부산수필문학회, 부산불교문인협회 회원. 중앙약사 심의위원(복지부). 관능검사위원(식약처). 수상 : 부산광역시장 표창, 보건복지부장관 표창, 고운 최치원 문학상 본상, 오륙도 문학상 본상, 실상문학상 본상, 부산시문인협회 수필문학상 대상 등. 저서 :『내 마음의 요람』『누님의 텃밭』. E-mail: kbd0247@hanmail.net

별명 부자

김상환

　이름은 그 사람을 나타낸다. 그런데 이름보다 별명으로 더 자주 불러서 정작 이름을 불렀을 때 낯설게 느껴지기도 한다. 별명은 대부분 그 사람의 생김새와 성격, 버릇 등, 특징을 가지고 짓게 된다. 그래서 별명을 부르면 그 사람의 모습이나 성격이 떠오른다.

　어린 시절 집이 가난하여 먹을 것이 풍족하지 못했다. 그런데도 나는 물만 먹고도 쑥쑥 자라는 콩나물처럼 무럭무럭 자랐다. 그래서 붙여진 별명이 모두 여섯 개나 된다. 어린 시절의 별명은 '키다리, 꺽다리, 멀대'였다. 그 시절 키가 크다는 것은 부러움의 대상이 아니라 놀림감의 대상이었다. 하는 일이 서툴 때면 멀대같이 키는 커다란 놈이 그것도 못하느냐고 빈정거렸다.

　청년이 되어 육군에 입대할 당시, 평균 신장이 165cm 내외였는데 내

키는 180cm이었다. 키가 큰 탓으로 몸에 맞는 옷이 드물어 발목이 휑하게 보이는 짧은 바지를 입고 지냈다. 그뿐만 아니라 열병식을 할 때는 맨 앞에 서서 바짝 긴장해야 했고, 방공호도 남들보다 더 깊이 파야만 했다. 그리고 각개전투 훈련할 때는 키가 커서 적군에게 노출되기 쉽겠다고 놀렸다.

제대 후 사업을 시작하면서 별명이 하나 더 생겼다. 사원들이 서류를 작성해오면 하나하나 꼼꼼히 따지고, 거래처에서 약속을 지키지 않으면 강하게 항의한다고 하여 얻은 별명이 '탱자까시'였다. 이 별명 역시 키가 크다는 뜻이 담겨있다. 가시 중에서도 탱자나무 가시가 가장 크기 때문에 붙여진 별명이다.

수많은 업체와 경쟁에서 살아남기 위해 차별화된 상품을 개발하면서 별명이 또 생겼다. 아무런 기술도 없이 아이디어 하나만 믿고 시작한 일이라 늘 불안하고 걱정이 되었다. 그래서 보다 더 꼼꼼히 따지고 세밀하게 검토했더니 '송곳' 또는 '장도칼'이라고 했다. 여기서 장도칼의 장자는 분단장할 장(粧) 자가 아닌 길 장(丈) 자로, 역시 키가 크다는 뜻이 포함되어 있다.

마음에 들지 않으면 모든 것이 밉게 보이는 법이다. 옛말에도 '며느리가 미우면 손자까지 밉고, 발뒤꿈치가 달걀 같다고 나무란다.'라고 했듯이, 좋지 않은 성격 때문에 키가 큰 것까지 밉게 보였던 것이다.

너무 솔직하고 성급한 성격 때문에 어려움을 자주 겪었다. 사업을 할 때는 손해를 많이 봤고, 인간관계에도 나쁜 영향을 미쳤다. 그래서 고치려고 부단히 애써봤지만, 참을 수 없는 재채기처럼 무의식중에 터져 나오는 감정을 숨길 수가 없다.

그중의 한 예가 1993년 모 대기업으로부터 새로 개발한 제품을 납품 의뢰받았다. 당시 판로를 개척하지 못해 어려움에 처해 있던 터라, 큰 기대를 안고 구매 담당자를 만났다.

그는 납품 가격의 20%를 리베이트로 요구했다. 생산 원가에도 못 미치는 가격이었다. 순간, 나는 발끈하여 자리를 박차고 나와 버렸다. 그는 회사의 이익보다 자신의 이익을 더 중요하게 생각하는 사람이었다. 그가 요구한 만큼 납품 단가를 올리고 그의 사욕을 잘 활용하면 사업의 숨통이 트일 수도 있었다. 그런데 나는 협상을 시도조차 하지 않았다. 내 감정을 제대로 다스리지 못한 탓으로 협상에 실패했다. 결국 사업도 접었다.

이름과 별명은 사물이나 사람을 부르는 수단이다. 이름보다 별명은 그 사람을 더 오래 기억하게 하는 중요한 매개체가 되기도 한다. 그런데 별명은 대부분 상대를 존중하는 뜻으로 붙여주기보다는 친근감을 표현하거나 놀리기 위해서 지어지는 경우가 더 많다. 그러나 누가 내 별명을 불러도 어렸을 때를 제외하고는 별로 기분 나쁘게 생각하지 않았다. 사실을 인정하고 나 자신을 알기 때문이다.

좋은 별명은 이름을 빛내주는 액세서리가 된다. 하지만 나는 장점이

별로 없어 좋은 별명은 얻지 못했다. 이제는 송곳처럼 뾰족한 성격도 무디어질 나이, 내 별명이 '탱자나무 가시, 또는 장도칼'이라고 당당하게 말하려고 한다. 원칙을 지켜온 칼 같고 가시 같은 성격으로 인하여 주변 사람을 불편하게 했을지라도 물질적인 피해는 주지 않았고, 나를 바로 설 수 있게 해 주었기 때문이다.

김상환 | 『월간문학』, 『수필과 비평』 수필 당선(2006년), 『월간 문학공간』 시조부문 당선. 수상 : 샘터사 샘터상(생활수기 부문), 브레이크 뉴스 문학예술상(시 부문), 타고르문학상(수필 부문), 중구문예 문학상(수필 부문), 대표에세이 문학상(작품집), 경북일보 문학대전(수필 부문), KT&G복지재단 문학상(시 부문), 시니어 문학상(시조 부문). 저서: 수필집『쉼표는 느낌표를 부른다』『선인장의 가시』 Email: ksshh47@hanmail.net

드라마

곽은영

"넌 어쩌면 그렇게 평범하지 않니? 마치 한 편의 드라마처럼!"

친구가 제게 말했습니다. 저는 아무 말도 할 수 없었습니다.

"왜 하필이면 나야?"

6살 때부터 늘 품어온 질문이었습니다. 엄마는 가난 때문에 아픈 것도 참았습니다. 그리고 목숨이 검게 죽어가는 것도 몰랐습니다. 결국 어린 제게 남은 건 꼬리표였습니다.

엄마 없는 애.

새엄마는 진짜 신데렐라 동화에만 나오는 줄 알았습니다. 하지만 한 지붕 아래 살게 되었습니다. 빨간 입술이 짙던 새엄마는 늘 제게 집안일을 시켰습니다. 아침이면 새엄마와 언니들이 싸우는 소리로 시작했고, 밤이 되면 아빠와 언니들이 또 싸웠습니다. 정신병으로 소리를 질러대는 여동생. 지옥이 따로 없었습니다. 결국 언니들이 집을 나가버렸습니다. 억울했습니다. 왜 하필 나한테 이런 불행이 줄줄이 이어지는지 말입니다.

"육성회비가 밀린 반장은 네가 최초야. 왜 하필 네가 반장이냐?"

초등학생이 되었습니다. 그리고 제게 새로운 꼬리표가 생겼습니다.

엄마도 없는 가난한 여자 반장.

또 다른 상처가 가슴을 찢었습니다. 교무실에서 고개를 푹 숙인 채 모진 질타를 받는 것. 다 저주스럽게 여겨졌습니다. 그날 밤, 연필 깎던 칼로 손목을 그었습니다. 그것은 쉽고 짧았습니다. 하지만 어렵고 긴 것이 목숨이었습니다. 누군가는 훌쩍 떠나는 길이 어느 이에게는 마음대로 되지 않는 것. 그것이 참 원망스러웠습니다.

중고교 시절은 더 암울했습니다. 언니들은 연락이 없었고, 여동생은 정신병원으로 가야 했고, 아빠는 수술을 받아야 했습니다. 지하방에서 같이 사는 식구는 이제 바퀴벌레와 쥐와 새엄마뿐이었습니다. 새엄마는 저를 볼 때마다 공장으로 나가서 돈을 벌어오라고 소리를 질러댔습니다. 그럴 때마다 저를 달래준 것은 바로 책이었습니다. 저는 학교에 가면 거의 도서관에서 지냈습니다. 책이 가득 찬 그곳은 안식처였고, 책 속의 주인공들은 친구였습니다.

어느 날, 도서관에서 집으로 가는데 갑자기 소나기가 내렸습니다. 무엇보다도 책이 젖을까봐 걱정이 되었습니다. 가방을 꼭 움켜잡고 뛰었습니다. 너무 숨이 차서 멈추고 말았습니다. 멍하니 비를 맞은 채 하늘을 올려다보았습니다. 그날, 문득 엄마 생각이 참 많이 났습니다. 그렇게 원망스럽고 밉던 엄마였는데. 단 한 번도 그리워하지 않았는데 말입니다. 생각해 보면, 엄마는 죽고 싶어서 떠난 것이 아니었습니다. 살려고 버티다 죽었습니다. 아픈 몸을 이끌고 일만 하다가. 그래서 엄마는 적어도 저에게 따라 죽으라고 말하고 싶지 않을 것입니다. 죽더라도 맞서 보라고 말하고 싶을 것입니다. 바로 책 속의 주인공들처럼!

'두고 봐, 엄마! 내 드라마는 아직 안 끝났으니까!'

오기가 생겼습니다. 이대로 무너지는 것이 죽기 보다 더 싫었습니다.

다음 날, 저는 아르바이트를 시작했습니다. 음식점, 백화점, 곶감 공장 등. 점심도 굶고 일을 했습니다. 한 푼이라도 더 모아서 대학에 가고 싶다는 꿈이 생겼습니다. 새벽이면 친구한테 빌려 온 책으로 공부를 했습니다.

드디어 대학에 들어갔습니다. 하지만 캠퍼스 생활은 낭만이라는 단어와 한참 멀었습니다. 24시간 내내 강의실과 아르바이트와 자취방을 돌고 도는 생활이었습니다. 오히려 대학에 오니 더 힘들었습니다. 간신히 대학을 졸업하자 저는 학원에서 아이들을 가르치는 일을 시작했습니다. 여전히 초라하고 가난한 사회생활이었습니다.

한참 늦은 결혼. 딸과 아들을 낳았습니다. 사랑과 결혼이 주는 선물은 처음으로 만난 행복이었습니다. '그래서 주인공은 아주 행복하게 잘 살았습니다'라고 끝맺는 장면을 떠올렸습니다. 그런데 제게 새로운 꼬리표가 생겼습니다.

친정엄마도 없고, 혼수도 못해 오고, 순종도 안 하고, 하필이면 미운 둘째 며느리가 자식을 낳고, 정말 내 아들만 불행하게 만든 너!

태어나서 그렇게 길고 모진 욕은 처음 들었습니다. 고부 갈등! 게다가 형님은 불임이었습니다. 두 사람은 제게 매서운 겨울이었습니다. 냉대와 멸시와 차별. 마지막 희망은 남편이었습니다. 하지만 남편은 시어머니 앞에서 늘 고개를 숙였습니다. 그저 시어머니가 시키는 대로 움직이는 로봇. 딴사람 같았습니다. 전 늘 위태로웠습니다. 어느 순간 확 터져버릴 듯.

이 드라마에도 반전이 찾아올까요? 그것은 바로 제 딸이었습니다. 딸은 지역선발 국가고시 영재학생으로 뽑혔습니다. 당차고 영특한 딸은 늘 엄마를 걱정해 주는 든든한 친구가 되어주었습니다. 어느 날, 딸이 제게 말했습니다.

"인생의 주인공은 자신이야. 그러니까 이혼해!"

제 인생 최초로 메가톤급 충격을 받았습니다. 다른 사람도 아닌 12살 딸한테 들은 충고! 되돌아보면 전 솔직하게 살았고 아주 열심히 달려왔습니다. 그런데 결혼은 거짓말로 살았습니다. 그럴 때마다 자식을 위해서라고 명분을 내세웠습니다.

"난 그렇게 말하라고 한 적 없어. 비겁한 엄마보다 당당한 엄마로 살

아. 이혼을 겁내지 마. 겁내면 인생의 주인공이 아니야. 엄마는 지금까지 최선을 다했어. 누구도 탓할 권리가 없어. 자, 힘을 내. 엄마는 아직 드라마를 완성할 일이 더 많아!"

어린 딸 앞에서 저는 민낯이 되었습니다. 참 부끄럽고 미안했습니다. 그리고 고마웠습니다. 무너지는 엄마를 더 단단하게 일어서도록 손을 내밀어 준 것이.

"우리 이혼하자!"

홀로서기를 준비하는 지금. 제게 행운이라는 단어는 그리 어울리지 않습니다. 6살 때부터 지금까지 그리고 앞으로도 그럴지 모릅니다. 하지만 전 후회하지 않습니다. 왜냐하면 적어도 주인공이 꿈을 포기했다는 내용은 없기 때문입니다.

"앞으로 더 열심히 살고, 더 열정적으로 글도 써. 이렇게 소재가 많은데 평생 신나게 글을 써야지. 엔딩 장면은 꼭 활짝 웃는 거야."

저는 친구가 해 준 말을 떠올려 보았습니다. 그리고 응원해 주는 딸과 아들도.

누구나 저마다 스토리가 있습니다. 제 드라마도 앞으로 어떤 내용으로 채워질지 알 수 없습니다. 하지만 저는 더 힘껏 맞서고 나아갈 생각입니다. 그렇게 이야기를 이끌어 가다 보면 비록 해피엔딩이 아니더라도 후회가 없을 것입니다. 벚꽃이 흩날리는 봄입니다. 저는 다시 달려갑니다. 제 드라마의 완성을 위해. 그 어느 때보다 더 씩씩하게! 이제

제 새로운 꼬리표를 소개합니다.

나는 드라마다!

곽은영 │『월간문학』 수필 등단(2007년). 한국문인협회, 대표에세이문학회 회원. 수상: 동서문학상(2012년, 동화부문). 저서 : 공저『교과서에 싣고 싶은 수필』『골목길의 고백』등.
E-mail: kwakkwak0608@hanmail.net

바람둥이의 아내

김경순

오래된 일이다. 삼십 년쯤 되었으니 이제 잊힐 만도 하건만 지금도 그 기억이 생생하다. 그 시절을 어찌 보냈는가 싶다. 새벽부터 시작되던 상담 전화에 늘 잠을 설치는 것은 다반사였다.

"다른 암놈한테 막 올라타지를 않나, 소리를 지르고, 밥도 안 먹고, 뒤에서는 하얀 물도 질질 나오고…. 시끄러워서 밤새 잠도 못 잤어유. 발정난 거 맞쥬? 엊저녁부터 그랬어유. 사장님, 빨리 좀 오셔유."

남편은 전화를 받자마자 기다렸다는 듯이 서둘러 '발정'이 났다는 그 집으로 갔다. 남편이 나가고 난 뒤의 상담 전화는 온전히 내 몫이었다. 결혼 전부터 남편의 일이 그런 일인 줄 몰랐던 것도 아니고, 새삼 전화를 받지 않을 수도 없었다. 전화를 거는 사람들은 대부분은 시골의 노인들이다. 미명의 새벽, 시골의 노인들은 해가 미처 도착하기도 전에

3부 | 드라마

서둘러 하루를 시작한다. 어찌 보면 하루의 문을 여는 것은 하늘에 떠 있는 해가 아니라 땅 위의 부지런한 농부들의 발걸음 소리라는 생각이 든다.

스물셋, 서툴지만 나는 중매쟁이가 되어야 했다. 인공수정사인 남편과 발정이 난 암소들을 이어주는 중매쟁이. 노인들은 처음에는 내 전화 목소리가 어리다 생각했는지 엄마를 바꿔달라고 했다. 하지만 내가 부인이라고 하면 그때부터 언제 그랬냐는 듯 자신들의 자식 같은 암소의 증상을 세세히 이야기한다. '뒤가 벌겋게 부었다는 둥, 피가 나온다는 둥, 구영을 밟고 올라 소리를 지른다는 둥, 다른 소의 등을 자꾸 올라탄다는 둥, 눈이 부리부리 해졌다는 둥, 노란 물이 나온다는 둥…'. 증상도 구구절절했다.

누가 지켜보는 것도 아닌데도 나는 부끄러워 얼굴이 화끈화끈 달아오르곤 했다. 이쪽 사정을 알 리 없는 전화 저편의 노인들은 자신들의 말이 끝나면 상담에 대한 대답을 기다렸다. 하지만 해줄 말이 없었다. 어떻게 대답을 해야 할지 몰라 말까지 더듬었다. 어벌쩡 말눈치라도 들킬까 싶어 나는 곧바로 전화를 드린다고 하곤 끊었다. 그 뒷일은 삐삐로 호출된 남편이 해결해 주었다.

세월이 약이라고 했던가. 아니 세월이 만들어 낸 경험이라고 해야 할까. 어벙하던 나도 그렇게 몇 해가 지나니 유능한 상담자이자, 중매쟁이가 되어 있었다. 상대편에서 물어보기도 전에 나는 '발정'의 증상을 알려 주고 중매가 성사될지 아닐지를 판결해 준다. 그 시절 남편은 이 고장에서는 알아주는 '소 신랑'이었다. 소 인공수정은 아침저녁으로 이뤄지는데 하루에도 많을 때는 사십여 건이나 되었다. 시골의 마을 입구에 남편의 차가 들어서면 아이들은 "소 신랑이다!"라고 외치며 따라다니곤 했다. 남편은 지금도 자신의 그 화려했던 과거를 회상하며 그리워한다. 하루에도 사십여 명의 여자에게 임신을 시켰으니 이만하면 바람둥이라고 불러야 하지 않을까.

예전 시골에서는 집집마다 소가 없는 집이 거의 없었다. 소는 집안의 재산이고, 일꾼이며 가족이었다. 하지만 이제는 개인이 소를 키우기는 그 여건이 좋지 않다. 사료 값이며, 분뇨 처리 시설 마련이며, 비용 면에서 부담이 가기 때문이다. 그래서 요즘은 큰 농장에서 대량으로 소를 키우고 있다. 물론 소고기가 그 목적이다. 남편은 여전히 그 화려했던 자신의 과거를 떠올리지만 어림도 없는 소리다. 대부분의 농장에서는 소들의 인공수정도 농장주가 배워 직접 하고 있기 때문이다.

그런데 이상한 일이다. 지금은 드문드문 오는 수정 문의 전화도 남편이 알아서 하고 있고, 예전처럼 새벽 댓바람부터 야시시한 이야기를 늘어놓는 노인도 없건만 나도 남편처럼 과거가 그리운 건 왜인지 모르겠다. 그것은 아마도 남편의 등이 펴지고 어깨가 올라가는 것은 '소 여인'들을 만나러 가는 순간이기 때문일 것이다. 삼십여 년 동안 자신의 허리를 휘게 하고 몸 깊숙이 골병이 들게 했음에도 남편은 여전히 슴

벅이는 큰 눈을 가진 여인들의 남자임을 자부한다. 그러니 어쩌랴. 내
가 아무리 미워해도 남편의 바람기는 잡을 수가 없다는 것을 아는데.
나도 그 여인들을 좋아할 수밖에 별 도리가 없다.

김경순 │『월간문학』수필 등단(2008년). 한국문인협회, 음성문인협회, 대표에세이 문학회회
원. 수상 : 충북여성문학상, 대표에세이 문학상. 저서 : 수필집『달팽이 소리 지르다』, 산문집
『애인이 되었다』. E-mail: dokjongeda@hanmail.net

문주

허해순

나는 내가 누구인지 오랜 기간 탐색했다. 그리고 딸과 아들이 대학에 입학하자마자 '나는 문주'라고 선언했다. 문주가 뭐냐는 질문에 '문소'와 '문청'을 생각해보라고 하자 소파에 앉아있던 가족 구성원 전원이 발을 구르며 웃는다. 물론 그들은 내 생활태도를 알기에 문주를 문학 공주로 오해하지는 않았을 것이다. 그럼에도…, 문주라고 내 스스로 부여한 정체성이 그들에게 그렇게 웃음을 줄만큼 해학적인 것인가. 에너지 대부분을 자기들 뒷수발로 소모했어도 내 곁에는 늘 책이 있었는데 나에 대한 고정관념은 살림살이만 하는 주부인 것이다.

학창시절에는 시와 소설을 좋아하고 탐독했다. 방학기간 읽고 싶은 책을 두문불출하고 읽었고, 날 새고 읽지 못하게 하느라 한밤중이면 불 끄고 자라고 아버지가 성화였다. 작은외삼촌이 읽고 난 책을 내 방에 계속 쌓아두어서 화수분처럼 책이 불어 도서관에서 대출을 하지 않아도 되었다. 문예반에 들어가 시낭송과 시화전을 하며 꽃잎을 책갈피에 넣고…, 감나무 사이로 비치는 달빛을 받으며 글을 쓰고 그리고 삶에 대해 생각했다. 연애소설을 읽으며 어떤 남성과 만들어갈 내 미래가 궁금했고 나에게 최적화된 그 사람을 상상하며 사춘기를 보냈다. 이웃 청년들과 학교 선생님과 영화배우와 소설 속 주인공들을 분석하면서도 누구도 이런 낌새를 눈치 채지 못하게 그쪽으로는 무심한 척했다. 외삼촌은 대나무 같은 내가 버들가지 같은 동생보다 사고 칠 확률이 크다고 오히려 나를 걱정했지만 별 탈이 없이 짝을 찾았다. 궁합을 봐야 한다는 엄마에게 이 남자와 결혼하면 내가 죽을 운명이라 해도, 그렇더라도 한번 살아보고 죽겠다고…. 그러면서 교사 생활도 그만두고 결혼했다.

내가 일생 동안 가장 많이 한 일은 밥짓기이다. 삼시세끼뿐인가. 간식과 손님상 그리고 절기 음식도 저장 음식도 40년 가까이 다 내 손으로 했다. 한 끼 당 기본 상차림이 두세 번이다. 간도 안보고 맛도 안 봐도 집 밥은 척척 할 수 있다. 우리 가족은 내 손맛에 길들여져서 내 밥을 먹어야 힘이 난다고 한다. 늘 영양을 염두에 두고 식구들 체질을 고려해서 식재료에 신경 쓰고 조리법을 익혔다. 밥숟갈로 허기만 채우는 게 아니라 기운을 내고 마음에 온기 가득하길 바라며 밥을 지었다.

가사노동이 숙련되자 이러저런 곳에 시간을 투자하며 자기계발을 하려고 노력했다. 사진을 배우고 여행을 다니며 글을 썼다. 사진이나 글이나 콘셉트 없이 중구난방으로, 사진은 눈 비움이고, 써 놓은 글은 대부분 넋두리에 불과하다. 여러 곳을 다니며 사진을 찍고 산해진미를 맛보는 것도 일정기간은 가슴 뛰게 하고 훗날 추억으로 남는 거지만 내 삶의 양념일 뿐…. 집안에만 머물지 않고 공부를 하러 다니며 얻은 것이 있다면 가슴에 생각의 공간을 마련했다는 것이다. 공부를 하면서 어떤 사상의 경지에 이를 만큼 진전을 이룬 것은 아니지만 아무 생각 없이 살아가지는 않게 되었다. 이 순간 내게 가장 중요한 것이 무엇이며, 지금 무엇을 해야 하는지를 분간하며 그것에 몰입하는 것이다.

내 눈에 흙 들어가기 전에는 안 된다며 오래된 관습을 지키려 고집하던 시어머니도 연세가 드실수록 내편이 되어주었다. 내가 자랄 때 어른들은 내게 현모양처의 조건을 주입했지만 수시로 반기를 들며 집안일에는 무관심했다. 가부장제도 그 이면을 들춰보면 남자들에게 무거운 의무를 짊어지게 하고 특히 큰아들에게 그 짐이 집중되는 것은 공정하지 못하다고 주장했으나 운명처럼 맏며느리가 되었고 시어머니를 모시고 살며 각개전투하듯 내 삶을 지켜냈다. 주부인 내가 집안의 중심에서 남편과 동등한 의사결정권으로 아이들을 성장시켰고 큰아들인 남편의 짐을 기꺼이 함께 지며 집안의 대소사를 관리했다. 살면서 밥만 열심히 했다면 내 장래희망 칸에 현모양처라고 썼던 친정 부모나 그러길 바라던 시어머니의 기대에만 부응했을 것이다. 남편의 가문에

서 있는 듯 없는 듯 처신하며 살림만 하고 자식 잘 키우라는 의미의 현모양처는 되지 못했다. 그림자 내조 대신 스스로 내게 가치를 부여하고 책 읽고 글 쓰며 밥 잘하는 문학주부로 그렇게 내 삶을 살아간다. 나는 문주다.

허해순 | 『월간문학』 등단(2008). 대표에세이 회원. 전북대학교 사범대 졸업. 공저 : 『담장을 허무는 사람들』 『내 인생의 빨강』 『짧지만 깊은 이야기』 등 다수. E-mail: nobleher@hanmail.net

보물단지

허문정

정월 대보름날 저녁, 커다란 원추형 달집에 불이 붙는다. 인디언 치마처럼 달집을 둘러싼 집집마다의 염원을 담은 소원지도 뜨겁게 타오른다. 내가 붙인 소원지에도 불이 붙었다. 허공을 향해 힘차게 치솟는 불꽃을 보니 올 한해 우리 가정 무탈할 것만 같다. 타닥타닥 댓잎 타는 소리가 경쾌하다. 불티가 반딧불처럼 허공을 난다. 흥겨운 풍물패 소리에 맞춰 나는 손뼉을 친다.

넉넉지 않은 집안 육 남매의 맏딸로 자라 팔남매의 맏며느리가 되고, 네 아이의 엄마로 사는 일은 녹록치 않았다. 중년이 되기 전까지는 나를 돌아볼 겨를이 없었다. 결혼 전에는 딸이라는 이유로 매사에 뒷전으로 밀리고, 학창 시절에는 수업료와 등록금이 없어 안타까운 시기를 보냈다. 그때로 돌아갈 수만 있다면 어린 나를 만나 수업료와 대학등

록금을 전해주고 싶다.

결혼해서는 장손 며느리가 딸만 내리 셋을 낳자, 시부모님은 고추 달린 놈 하나만 있었으면 오죽 좋겠냐는 소리를 귀에 못이 박히도록 했다. 늦둥이 아들을 낳은 후에야 마음 고생은 덜었지만, 식구가 늘어 공무원인 남편 월급으로는 콩 한 톨도 쪼개며 살아야 했다. 경제적 여유가 없는 환경은 수없이 욕망을 꺾었고 불편함을 감수해야 했다. 책임과 의무만 앞장서는 맏이라는 존재, 무거운 어깨에 자존감은 종잇장처럼 구겨졌다. 오죽하면 신이란 신은 모두 결박해 놓고 따지고도 싶었을까. 원망과 갈증으로 힘겹게 마흔 살을 넘겼다.

중년이 되면서부터는 고분고분 살아온 날에 반기를 들고 나름 세상과 화해하는 법도 터득했다. 친구 아들이 군대 갈 때 나는 초등학생 아들의 운동회에 가야만 하는 게 현실이었지만, 그나마 숨통이 트였다. 운전을 배우고 문학을 만났다. 늦은 대학 공부를 했다. 수필가가 되고 시인이 되었다. 시집『어린 애인』을 상재했다. 수필집 발간도 코앞이다. 한달음에 달려온 시간들, 나의 허기를 채워가던 귀한 시간이었다. 먹장구름 속에 갇힌 나를 불러 초승달을 빚고 반달을 빚는 행복한 시기였다.

이즈음은 많이 느슨해졌다. 작가라는 이름표를 달았지만 전원생활을 즐기느라 글 쓰는 일에 몰두하지 못했다. 게다가 딸 노릇, 아내 노릇, 며느리 노릇, 엄마 노릇에서 좀 벗어날까 했더니 장모 노릇, 할머니 노릇까지 보태졌다. 가족을 우선으로 하다 보니 자신에게는 소홀해서 뒤

처지는 느낌이다.

하나 돌아보니 마을 어귀를 지키는 장승이나 아름드리 느티나무는 되지 못했지만 마음만은 휘영청 밝은 보름달이다. 가족의 서운함보다 내 부족한 사랑을 되돌아보고 내 목소리를 내기보다 그들의 목소리에 귀 기울이며 살았다. 초승달이 차올라 보름달이 되고 다시 이울어 그믐달이 되듯, 웃고 우는 일 다반사인 게 인생 아니던가. 때로는 변방을 지키는 장수처럼 외로웠고 가슴이 까맣게 타들어간 날 많았으나, 힘겹다 여긴 것도 견딜만한 허기였고 나락 없는 생이어서 감사하다. 다시 살라 하면 고개를 젓겠지만, 생의 굽이굽이 파도를 잘 넘어왔다.

나보다는 식구의 안위를 기원하는 삶. 오늘 달집 태우기 행사도 명문장을 남기기 위해서가 아니라 식구들을 위해서다. 가끔은 의기소침해질 때가 있지만 식구들을 위해서 알뜰살뜰 살아온 나. 누가 내 자리에서 나만큼 역할을 하랴. 오늘은 스스로에게 엄지 척! 우리 집 '보물단지'라 추켜세워 본다.

보름달처럼 넉넉하고 밝은 향기로 살다가 오늘 밤 활활 타서 사라지는 달집처럼, 생이 다하는 날은 소진이란 말마저 남기고 싶지 않은 '보물단지'. '보물단지'임을 인정한다는 듯 두 어깨에 허공을 날던 불티가 재가 되어 내려앉는다.

허문정 | 『월간문학』등단(2009년). 충북 괴산 출생. 광주광역시 거주. 한국문인협회 회원. 대표에세이회원. 광주문인협회 회원. 무등수필 회원. E-mail: shin_saimdang@hanmail.net

제로, 0

김진진

삼월 중순, 관악산 팔봉 능선 아래. 평평한 바위에 다리쉼을 놓는다. 그늘진 골짜기 절벽 틈새로 긴 고드름처럼 얼어붙은 물줄기 끝에 한 뼘 햇살이 얹혀있다. 가볍게 톡톡 떨어지는 물이 바닥에 가느다란 물길을 내며 흐르고 있다. 그 모습을 찬찬히 바라보자니 이런저런 생각들이 확연히 튀어 오른다.

내 앞에 두 개의 컵이 있다고 치자. 하나는 찬물이고 하나는 따뜻한 물이다. 이 둘을 섞으면 어떻게 될까. 미지근해진다. 찬물과 따뜻한 물은 언제까지 섞이는가. 상태 차이가 0이 될 때까지 섞인다. 상태 차이란 서로 다른 것들 사이에 명확하게 존재했던 경계가 사라져 균형을 이루는 것을 말한다. 이는 곧 찬물과 따뜻한 물의 경계가 사라지고 동적평 형상태에 이르렀음을 뜻한다. 자연계의 모든 현상은 이러한 상태

평형을 이루려는 하나의 흐름이다.

바람은 왜 부는가. 지구의 자전이나 극지방과 적도지방의 온도 차, 육지와 바다의 비열 차로 생겨난다. 뜨거워진 공기는 위로 올라가며 기압이 낮아진다. 차가워진 공기는 아래로 내려가며 기압이 높아진다. 공기의 성질은 압력의 균형을 맞추기 위해 압력이 높은 고기압에서 압력이 낮은 저기압으로 이동한다. 따라서 바람이란 기압이 높은 곳과 낮은 곳의 차이를 일정하게 만들려는 공기의 수평적인 운동이다.

생물학적 용어에 항상성이란 단어가 있다. 외부 환경이 변하더라도 인체 내부 환경은 일정하게 유지되는 것으로 자동정상화장치라 부른다. 이것은 자율신경계와 호르몬의 상호 협조로 이루어지며 체온이나 혈당량도 항상성으로 자동 조절된다. 인체 내부의 항상성이 파괴되면 질병이나 죽음을 초래한다. 몸이 건강하다는 것은 항상성이 잘 유지되고 있음을 나타낸다. 곧 몸의 내부와 외부, 혹은 호르몬 조절이 상대적 평형상태에 있음을 가리킨다.

모임에서 여럿이 함께 어울린다는 것은 서로 심리적 과정에 적응했음을 말해준다. 자신을 둘러싼 외부 세계의 움직임에 잘 맞추어 나갈 줄 안다는 것이다. 사람 사이에 조화로운 관계를 맺었다는 것은 나와 사회의 정신적 평형상태. 어울림과 조화가 평형상태에 이르면 대인관계에서도 마음은 평정심을 유지하기가 쉽다.

곧잘 사회문제를 일으키는 공평이나 정의란 단어를 보자. 어느 쪽으로도 치우치지 않고 고르다는 것이나 사회를 구성하고 유지하는 공정한 도리라는 것도 사실은 수평적 평형을 유지하려는 힘이다. 우리가 흔히 말하는 진리나 평등, 원만함이라는 것도 따지고 보면 모든 경계가 사라진 균형상태로 평형에 이르렀음을 나타낸다.

물리학에서 흔히 이야기하는 양자(量子)라는 개념은 원자, 분자, 소립자 등을 나타내는 물질의 기초단위다. 길이, 에너지, 운동량 등 모든 물리량을 쪼개고 쪼개다 더 이상 쪼갤 수 없는 무(無)의 상태가 양자다. 무(無)란 숫자로 표시하면 0의 상태로 이것은 아무것도 없음과 동시에 숫자 상 시작을 알리는 신호다. 모든 양자는 에너지 상태의 평형을 유지하기 위한 방향으로 흐르며 이는 확률함수로 정의된다.

다시 말해 균형, 평형, 수평, 항상성 같은 외부와 내부나 조화, 어울림, 평정심 같은 외면과 내면도 상태 차이를 0으로 유지하려는 하나의 흐름이다. 공평, 정의, 진리, 평등, 원만함이나 양자운동도 이와 마찬가지다. 우리의 눈에 보이지 않는 자연계의 대부분의 현상들은 언제나 그 상태 차이의 균형을 0으로 수렴시키려는 방향으로 흐르고 있다.

나는 어디에서 왔는가. 부모님의 DNA를 받아 이 세상에 태어났다. 태어남은 존재 이전의 0의 상태로부터 동시에 삶이 시작되었음을 의미한다. 삶이란 위에 제시된 모든 것들의 평형상태를 유지하기 위한 연속적 과정이다. 삶의 종착역은 죽음이며 죽음은 아무것도 없는 0의 상태로 흐름이 멈추었음을 뜻한다. 우주의 원리 또한 이것을 향한 끊

임없는 반복 선상에 놓여있다. 즉, 존재와 삶과 죽음이란 모든 것을 0의 값으로 되돌리려는 자연계의 거대한 흐름이다. 우리는 그 큰 흐름 속의 작디작은 한 점에 불과할 뿐이다.

나는 언제나 이와 같은 흐름 속에 놓여있다. 그러므로 나는 곧 0이다. 평소 내 자신의 모든 것들을 일정하게 0의 상태로 놓기 위해 노력하고 있기 때문이다. 정신적으로나 육체적으로 평형상태를 유지하기 위해 알게 모르게 많은 애를 쓰고 있는 셈이다. 결국 나란 존재는 0으로부터 시작되어 한평생 0의 흐름을 유지하기 위해 안간힘을 기울이다 0으로 생을 마감하게 된다. 그와 동시에 령(靈)으로 돌아간다. 나는 현재의 0인 동시에 미래의 령이다. 햇살 한 줌에 녹아 방울방울 떨어지는 작고 여린 물방울 하나가 수많은 생각들을 방사형으로 뻗어나가게 만들고 있다.

김진진 |『월간문학』수필 등단(2011년). 한국문인협회, 대표에세이문학회 회원. 수상 : 동서문학상, 대표에세이문학상 외 다수. 저서 : 장편소설『오래된 기억』, 수필집『어느 하루, 꼭두서니 빛』, 공저『마흔다섯 개의 느낌표』『대표에세이 30주년 기념선집』외 다수. 가곡 작시 : 〈그대와 나〉〈그대의 뒷모습〉. Email: wf0408@hanmail.net

4

울보

선량한 피의자

전영구

편히 웃고는 있지만 묘한 긴장감이 흐른다. 오가는 말속에는 발라먹다 목에 걸린 생선 가시 같은 성가심이 존재하고 있다. 애초부터 밴댕이회와 풋고추의 궁합 같은 고소함을 기대한 것은 아니다. 많이도 아닌 셋이서 오순도순 어울리며 사는 가족 형태를 꿈꿔왔지만 가끔 균열이 느껴지는 건 이기기 힘든 일생에 오점이기도 하다. 남편과 아내와 아들이라는 황금조합이 서로 다른 생활 패턴을 고집한다면 서로가 불편한 나날이 될 것이다. 거기서 태생되는 불협화음은 불 보듯 뻔한 상황이 펼쳐질 뿐이기 때문이다.

아침저녁으로 하는 샤워는 보통 30분 이상이 소요된다. 몸에 비누칠을 하는 동안 만큼은 샤워기를 끄고 있어도 되는데 재벌의 자식도 아닌 녀석이 샤워가 끝날 때까지 온수를 틀어놓고 있다. 물이 부족한 나라에서 도저히 이해할 수 없는 행위다. 그만의 공간으로 가면 더욱 가관이다. 자기 몸은 과하다 할 정도로 깨끗이 씻으면서 정리정돈은 왜 그리 소홀하게 하는지 참 아이러니하다. 심한 표현으로 돼지우리처럼 지저분하게 해놓고 자신은 아무런 불편도 없다는 듯 생활을 한다. 이쯤이면 잔소리가 반복되는 건 당연하지만 본인의 과오는 모르겠다는 표정으로 묵비권과 회피로 일관한다. 감정이 격해져 거친 말투가 등장하면 보란 듯이 아들과 무언의 동맹을 맺은 듯한 한 여인이 피해자 모임 동지처럼 나타난다. 그럴 수도 있다는…. 그 정도 가지고 뭘 그렇게까지 혼을 내냐는 등. 실로 기가 찰 노릇이다. 약속이 있는 날엔 시간 엄수를 철석같이 지키는 남편을 비웃기라도 하듯이 나무늘보 같은 동작으로 채비를 한다. 결국 서두르라는 고함을 듣고서야 겨우 속도를 내는 스타일인 아내도 스스로를 피해자라 생각하고 살기에 남편에게 당하고 사는 아들에게는 동정이 앞서는 모양이다. 그렇다고 그들끼리 대립이 없는 건 아니다. 아주 사소한 일로 화를 내야 하는 나도 좀스럽지만 되도록 피의자가 눈치채지 못하도록 서로를 질타하는 꼴을 곁눈질하다 보면 허탈한 웃음이 난다. 그들이 뭔가 작당을 한 후에 들려오는 웃음소리는 나를 더 예민하게 한다. 화를 내게 된 과정은 그들의 태평한 표정 속에 희석이 되고 오히려 화를 냈다는 것에 서운함을 드러내는 것은 아주 뻔뻔하기 그지없는 일이다. 이십여 년을 살면서 그런 문제를 자주 야기 시키는 건 성격 급한 사람에게는 견디기 힘든 고행이다. 하지만 2 대 1이라는 불리한 구조에서는 속수무책으로 당하기만 하는 것이 어찌 보면 구조적 불합리 같지만 교묘한 궤변을 앞세우는 다수의 흉포로 느껴지는 어이없음을 떠안고 살아가야 하는 이해하기 힘든 삶의 여정 또한 나의 몫이기도 하다. 어느새 자기들은 피해자가 되고 지적과 함께 언성을 높인다는 이유 하나만으로 피의자가 되어버린 코미디 같은 현상이 자연스럽게 벌어진다.

앵무새처럼 늘 같은 톤의 잔소리도 고쳐야 하지만 다람쥐 쳇바퀴 돌듯이 잘못된 습관을 고치지 않고 되풀이하는 피해자들의 각성도 필요하다는 것을 깨우쳐야 한다. 잘못된 생활 패턴으로 인해 일어난 트러블에 대해 과정은 없고 결과만을 중시하는 피해자와 이렇게 되기까지 과정의 답답함을 호소하는 피의자 중에 과연 누구의 손을 들어 줘야 할까? 가장은 그에 어울리는 통 큰 이해가 필요하고 아내는 내조를 함에 있어 참음이라는 마음 씀씀이가 필요하다. 자식은 부모의 말에 잘 따르고 순종해야 된다는 고리타분한 생각을 갖고 사는 가장을 향한 적대감은 시간이 흘러갈수록 그 강도가 더해진다. 그러면서 피해자들은 피의자의 눈치를 보면서 화내는 것을 자제하고 지켜만 본다면 고치겠다는 합의안을 슬며시 들이대고 있다. 아직은 이해할 수 없는 합의안에 수긍할 마음의 준비가 되어있지 않아 당분간은 이런 대립 상태를 끝내기는 쉽지 않을 것 같다. 속칭 피의자와 피해자의 현명한 합의가 있지 않는 한 대립의 각은 당분간 지속될 것이다. 자신들이 불리할 때면 알아서 연합이 되는 묘한 이해관계를 당분간은 지켜보며 그 동맹을

분열시킬 수 있는 대책을 세워야 하기 때문이다.

　시간이 주는 여유가 서로를 이해하는 법을 알려준다면 웃음 띤 얼굴만 보여 줄 수 있을 것이다. 버릴 건 버리고 사는 현명함을 길러야 하지만 보여 지는 현실은 이해보다는 질책이 앞서고는 한다. 피의자도 저들의 불합리한 조합을 인정할 수 없으며 기필코 나쁜 습관을 빠른 시일 내에 고쳐 놓겠다는 전투력이 더 상승하고 있기 때문이다. 피의자와 피해자가 한집에 사는 이유는 소소한 갈등으로 간혹 화를 동반하는 대치에도 아직은 서로를 아끼는 사랑이 존재하기 때문이다. 밉고 부족해도 한 운명체라는 생각에 때로는 눈치라는 묘약을 처방해 슬기롭게 헤쳐 나가야 한다고 생각하지만 자아 반성이 필요함을 느끼는 이 순간에도 그들은 피의자를 거실에 버려둔 채 침대에 나란히 누워 무엇이 그리 즐거운지 들으라는 듯 낄낄거리며 태평성대를 누리고 있다는 사실이 또 속을 부글부글 끓게 한다. 가장으로서 넓은 아량으로 받아들이려 해도 그래도 왠지 한구석에 여전히 찝찝함으로 남아있는 건 세상 누구보다 더 선량한 가장이라 부르짖는 나를 그들은 가슴속에 무조건 피의자로만 여전히 담아두기 때문이다.

전영구 |『월간문학』수필 등단,『문학시대』시 등단(2013년). 충남 아산 출생. 사) 한국문인협회, 사) 한국수필가협회, 가톨릭 문인회, 대표에세이 문학회 회원. 경기시인협회 이사. 경기 수필가협회 편집위원. 수원문인협회 회원. 저서 : 시집『뇌요』외 4권, 수필집『뒤 돌아 보면』. 수상 : 문파 문학상, 한국수필 올해의 작가상, 수원 문학인상, 백봉 문학상. E-mail: time99223@hanmail.net

울보

김기자

나의 유년기는 유난히 눈물이 많았다고 한다. 단순한 이유에서부터 무언가 욕구불만 때문에 그러지 않았나 싶다. 오죽하면 학교에 들어가기 전까지 정해진 이름과 달리 울보라는 아명으로 불려졌던 것을 기억할까. 하지만 지금의 눈물은 그때와 본질이 확실히 다르다고 생각한다. 스스로를 제어 못하는 사건이나 감정에 부딪힐 때 흐르는 눈물은 나이만큼 낯설고 민망하기 때문이다.

그동안 삶의 두께가 몇 겹씩 포개어 졌다. 아성의 세계도 단단하다고 본의 아닌 호언을 하며 지내왔다. 약해 보이기 싫었던 세상을 향한 한낱 자기방어의 수단이었는지 모른다. 그러나 갑자기 티끌만 한 사건에도 마음이 동하면 맥없이 무너지는 자신을 발견하고야 만다. 곧 이성적 판단을 구하느라 애를 쓴다.

내 경우를 들자면 차가운 눈물은 분노가 뒤따를 때이다. 피할 수 없기에 한 걸음 뒤로 물러나려 노력한다. 가슴에 일던 파장이 그치고 나면 조금은 후련하다. 해소되는 느낌을 얻는다. 결국에는 혼자가 된 후에야 혼돈에서 벗어날 수 있다. 자신과 위로를 나누는 순간이 필요하다. 이렇게 그치지 않는 영혼의 성장통을 겪으며 한 걸음씩 나아갈 때 성숙해지는 것 같다.

갈피마다 뜨겁게 흘리는 눈물도 있다. 애잔한 감동의 사건이나 기쁨에 빠져 들어갈 때 나도 모르게 젖어든다. 그 맛은 아마 단 맛이 아닐까 싶다. 눈 주변에서 영롱한 꽃으로 피어난다. 프리즘으로 번져서 시야에 묻어나는 모든 것들이 아름답다. 이어지는 여운의 끝자락에 매달려 놓치고 싶지 않은 감정을 낳는다. 낮은 자세로 세상을 들여다 보는 소중한 시간이다. 아무리 작고 미미한 사건일지언정 소중하게 여기며 하루하루를 살아간다.

눈물은 새로운 나로 바꾸는 능력을 가졌다. 기쁨은 무게만큼이나, 슬픔은 그 깊이만큼이나, 영혼이 가벼워지도록 허락한다. 삶이 조금이라도 메마르지 않게 해주는 것을 알 수 있다. 본능의 작용이라지만 솔직히 말한다면 소소한 일상에서 나는 눈물을 곧잘 흘린다. 들키지 않으려 애를 써도 어쩔 수 없다. 헤프게 여겨지는 것 같아서 싫을 뿐더러 덜 자란 어른인 양 작아지는 심정이다.

나는 왜 이리 눈물이 많은지 모르겠다. 나이가 들어 갈수록 마음이 여리다기보다 약해지는 탓인가 보다. TV를 보다가도 줄거리 속의 등장 인물에 빠져 들어가 그 입장이 되고야 만다. 누구나 그렇겠지만 안타까움과 기쁨의 감격에 이를 때의 상황이다. 그러나 삶의 다른 여백쯤으로 고개를 돌려보면 눈물이 생성하는 효과도 가끔은 유익하지 싶다. 진실 된 눈물은 미약하나마 새로운 인간애(愛)를 싹 틔우기에 충분해서다.

아주 작은 사건을 만나게 되었다. 엊그제만 해도 화사하게 핀 목련이 눈을 즐겁게 했다. 봄을 알리는 등불처럼 보였다. 웬걸, 혹독한 꽃샘추위가 몰려와 하루 사이에 꽃잎이 모두 얼어서 생기를 잃고 말았다. 곧 땅으로 분분히 내려와 사라질 짧은 운명이지만 세상 한구석에서 가치 있는 어느 생명이 사라져가는 것처럼 애처로웠다. 축 처진 목련꽃들이 방울방울 고통스런 눈물을 매달고 있는 모습으로 다가왔다.

우리네도 그러하다. 기쁘고 슬픈 일들이 교차해 가고 있다. 기쁨은 두 배로 응원해주고 슬픔은 반으로 나누는 마음을 갖는다면 훨씬 따뜻한 세상이 되리라 생각한다. 많은 변화의 삶 속에서 분별할 수 있는 의식의 눈이 밝아야 할 때다. 우선 나부터 그래야만 하는 것을 안다. 강함보다는 부족하고 약한 것들에 대해 마음을 펴가는 발걸음이 되길 바랄 뿐이다.

나 자신과 마주 선다. 끝내 사라질 수 없는 두 마음이 내 안에 있다. 메마름과 촉촉한 감정이다. 서로의 입장을 고수하며 분쟁하는 가운데 하루하루가 지나간다. 그 과정 속에서 어느 순간 가누지 못할 슬픔에, 주체 못할 기쁨에 흐르는 눈물이라면 굳이 막아낼 필요가 있을까 싶다. 묘한 힘이 되어 마음을 움직이고 정화해 줄 것으로 믿기 때문이다. 감정의 변화를 따라 눈가로 찾아드는 눈물이라는 영혼, 이겨내지 못하고 울보가 된다 해도 어쩔 수 없다.

김기자 | 『월간문학』 수필 등단(2013년). 한국문인협회, 충주문인협회, 대표에세이 회원. 저서 : 수필집 『초록 껍데기』, E-mail: kkj8856@hanmail.net

소소한 권력자

김영곤

지난 월요일 충주 중앙탑초등학교 강당에서 공연을 마친 비둘기.

눈앞에서 탈출을 감행.

보란 듯이 하늘 높이 솟구친 후에 지극히 높은 천장에 착지.

어찌 알았는지 거기엔 숨을 거처가 수두룩한 곳. 가장 긴 낚싯대로도 어림도 없는 닿을 수 없는 곳.

나는 수차례 야구공을 있는 힘껏 던져보았다. 나는 살면서 지금껏 과녁을 제대로 맞춘 적이 거의 없음을 알기에, 그의 몸을 강타하진 않으리라, 안심하고 던졌다.

과녁 주변을 텅텅 두들기는 소리에 놀라 녀석이 푸드득 놀라 아래로 내려오길 기대했지만, 그는 깃털처럼 가볍게 옆의 은신처로 사뿐히 옮겨갈 뿐이었다.

그는 자유를 위해 네모난 상자를 뚫고 비상했으리라.

억압으로부터의 해방을 꿈꾸며….

두 시간을 지체하다가 포기하고 집으로….

다음 날이면 내려오겠지. 그는 필연적으로 보이지 않는 더 큰 철장 안에 있는 거니까. 다만 그가 모를 뿐.

다음 날이 되었다. 내려와 있겠지 하고 갔지만 그의 저항은 강력했다.

불현듯 어디선가에서 억울함이 해결될 때까지 공장 첨탑 꼭대기 농성 시위를 하던 어느 노동자가 생각나기도 했다.

나는 내가 맘대로 조정할 수 있는 사각 새장에 아직 들어오길 거부하는 그 녀석이 괘씸해져 이젠 잊어버리자 하며 터덜터덜 시위 무대에서 퇴장했다.

4일 째가 되던 오늘, 그 학교의 체육 교사로부터 전화 한 통이 왔다.

드디어 지상으로 내려 왔다고.

나는 잠시 망설이며 생각했다. 그녀석을 데리러 가는 기름값과 톨게이트 비용, 내가 투자해야 하는 시간, 그리고 그녀석을 처음 고용했던 몸값.

손해다. 그냥 고분고분한 다른 젊은 녀석 하나 더 고용하는 게 이득이다. 입사한 지 얼마 안 되는 농성 중인 그녀석은 고집불통이다. 조직에 적응하기에 힘든 체질임에 틀림없다. 어찌하나.

그런데 그런데 그녀석은 우리집에 온 지 한 달이 된지라. 이미 우린 서로 조금씩 아는 사이. 조금씩 길들여진 사이. 그러기에 가격으로 따질 수 없게 된 이미 패밀리.

그래, 일단 데리러 가자. 운전하면서, 스스로 농성을 끝내고 내려온 그녀석에 대해 생각해본다.

그렇지? 굶주림 앞에서는 자유고 뭐고 무슨 소용이랴.

완전한 자유라는 게 정말 존재하기는 하는 걸까. 우리가 자유를 쟁취하기 위해서는 언제나 명령어가 수두룩한 사각틀에 들어가야 하는 것이다. 자유는 그 속에 발을 담그야 가끔씩 한 움큼이라도 찾을 수 있다. 그것은 쉽게 시들긴 하지만 어딘가에는 존재하는 네잎클로버를 찾듯 언젠가는 꼭 찾을 수 있다는 가능성은 무한히 열려 있는 세계다.

반면 사각틀의 바깥에는 단 한 순간조차 안심 못하는 야생의 부리부리한 발톱이 득실거린다.

밥 먹을 때조차 수십 번 두리번거리며 불안해하며 서둘러 삼켜야 한다. 차라리 하루에 잠깐 내 품에서 고생하고 편안하게 안전하게 모이를 음미하는 것이 더 이득 아닐까.

마침내 나의 새장으로 푸드덕 입장하자마자 목을 축이고 오직 모이에만 집중하는 비둘기.

집에 도착하자마자 나는 그의 새하얀 날개를 잡고 웃자란 자유의 부위를 잘라주었다.

부디 내 주위에서만 자유로워지라고.

김영곤 | 『월간문학』 수필, 『포지션』 시 등단(2014년). 한국문인협회 및 대표에세이문학회 회원. 문학석사. 배재문학상 수상. 시집 『둥근 바깥』(포지션), 수필집(공저) 『나에게로 온 날들』 외 다수, 논문집 『최문자 시에 나타난 여성성 연구』. E-mail: prin789@hanmail.net

어머부인

전현주

"애마부인?" 내가 닉네임을 말하면 어김없이 따라오는 질문이다. '어머부인'이라는 별명은 20여 년 전 귀농했을 때 마을 이장님이 지어주었다. 막 시골 생활을 시작한 내가 "어머! 예뻐라." "어머! 신기해라."를 연발하자 이장님은 그 모습이 퍽 우스워 보였던 모양이다. 하긴 마당에 돋아나는 민들레, 냉이, 질경이를 보고도 환호성을 질렀으니 평생 농사를 지어 온 분들에게 철없는 내 모습이 얼마나 기가 막혔을까. 하지만 나는 그 이름이 꽤 마음에 들었다. 이후 내 ID는 어머부인으로 바뀌었다.

처음 해보는 시골 생활은 모든 것이 새로웠다. 비록 초라한 시작이었지만 마음은 너무나 자유로웠다. 서울에서 2시간 남짓한 거리지만 마치 먼 나라처럼 낯설었다. 마을 어른들이 하는 말씀을 잘 못 알아들을 때마다 내가 지금까지 얼마나 좁은 세상에 갇혀 있었나, 나름 안다고 생각했던 것들이 얼마나 작은 것들이었나를 느꼈다.

남편이 서툰 솜씨로 짓기 시작한 집이 완성되어 가는 동안 우리 가족은 마을 회관을 빌려 잠을 잤다. 아침이면 다시 마을 꼭대기에 있는 집터로 올라가 마당에서 쪼그리고 앉아 밥을 해 먹으면서도 캠핑을 하듯 신이 났다. 아이들은 마당 끝에 있는 실개천에서 물장난을 하거나 처음 보는 벌레를 구경하며 날마다 즐거운 시간을 보냈다. 그새 마당에는 개망초가 허리만큼 자라 화사한 꽃밭을 이루었다. 우리는 예뻐서 꺾지도 뽑지도 못하는 꽃을 보고 마을 어른들은 혀를 끌끌 찼다.

집이 거의 완성될 무렵에 옆 마을의 산비탈 밭을 빌려 농사를 시작했다. 읍내 도서관에서 빌려 온 농법 책을 통해 배운 대로 모종을 길러 심은 배추는 거짓말처럼 무럭무럭 자랐다. 우리는 도시에서 도망쳐 왔다. 힘겨운 상황들이 우리를 이곳으로 내몰았다. 그러나 다 포기하고 주저앉고 싶었던 시간들이 이렇게 자유롭고 아름다운 시간과 자리를 바꿔줄 줄은 꿈에도 생각지 못했다.

계절에 따라 시시각각으로 변화하는 자연의 모습은 환희 그 자체였다. 나는 앞동산에서 태양이 떠오를 때 자를 대고 그린 듯 사방으로 퍼져나가는 햇발을 난생 처음 보았다. 여름날이면 갑자기 어두워지며 소나기가 쏟아지고 소나기가 그치면 종종 무지개가 떴다. 밤이 되면 우리는 책을 들고 어두운 마당으로 나가 책에 있는 별자리가 하늘에도 똑같이 존재하는 것을 확인하고 환호성을 질렀다. 반딧불이 날아다니고 개구리들이 벌레를 잡아먹기 위해 불빛이 내비치는 창가에 몰려들었다. 아이들은 그 모습을 내다보며 마음껏 뛰어놀다가 잠자리에 들었다. 도시에서는 일이 많아 아이들과 함께 시간을 보낼 수 없었던 남편이 늘 우리 곁에 있었다.

여기까지가 내 어머부인 시절의 이야기다. 어머부인의 낭만적이고 아름다운 이야기는 너무도 금방 끝나버렸다. 배추 농사는 잘 되었지만 한 통에 500원으로 가격이 매겨졌다. 배추밭을 갈아엎을 상황이 되자 우리는 한 푼이라도 더 건지기 위해 세 아이를 트럭에 태우고 배추를 팔러 다녀야했다. 이후 옥수수도 감자도 고구마도 모두 풍작이었지만 우리의 사정은 조금도 나아지지 않았다. 아니 농사를 지으면 지을수록 형편은 더욱 어려워졌다.

농사일에 지치고 틈틈이 아이들을 챙기다보면 녹초가 되기 일쑤였다. 하지만 어느새 나는 변해 있었다. 촌부의 모습으로 시장을 누비고 옥수수와 감자를 팔러 다녔다. 참깨를 솎느라 손톱 밑이 새까매져도 그 손을 내밀면서 부끄럽지 않았다. 초라하지만 당당하고, 삶이 그 자체로 목적이 되는 나날이었다. 누군가의 눈치를 보거나 체면을 생각할 필요 없이 진정한 나 자신으로 살던 시절이었다.

내 인생은 어머부인 이전과 이후로 나뉜다. 농사를 접고 다른 일을 시작한 후에도 힘든 고비는 여러 번 찾아왔다. 하지만 어머부인을 떠올리며 이겨낼 수 있었다. 어머부인이 되어 진정한 자유와 기쁨을 맛본 나는 도시에서 미래를 불안해하던 나와는 달랐다. 서울을 떠나올 때 하나씩 멀어져가는 한강 다리를 돌아다 보며 눈물을 흘리던 내가 아니었다.

어머부인이 나에게 힘을 준다. 비현실적으로 행복한 기억들이 지금의 나를 지지하고 있다. 나는 어머부인이다.

전현주 |『월간문학』수필 등단(2015년). 한국문인협회 회원. 대표에세이 회원. 음성문인협회 회원. E-mail: ambuin99@naver.com

길치

김정순

그이가 SNS로 글을 보내왔다. 혼자서 아무것도 가진 것 없이, 낯선 도시에 도착하는 것을 수없이 꿈꾸어 보았다는, 새로울 것이 없는 글 속의 문장 하나가 내 안에 숨어있던 나를 흔들어 깨운다. '나도 한번 가봐?' 분명 내 가슴이 하는 말인데도 생소하기만 하다. 어쩌다 여행을 가도 집이 가장 좋다며 마지못해 떠나곤 하던 나이기 때문에 그럴밖에. '혼자서 훌쩍 나서봐? 그런데 어쩐다지? 길치잖아.' 막상 길을 나서려니 발목을 붙드는 게 하나둘이 아니다.

이웃에 사는 친구 부부와 중미산 산책을 하고 인근 온천탕에서 목욕을 한 뒤였다. 점심으로 뭘 먹을까? 근처 식당들을 꼽고 있는데 두어 달 전 지인들과 들렀던 음식점이 스쳐 가는 것이었다.

"참, 이 근처에 맛있는 샤부샤부 집 있는데 그리로 가죠."

서울에 가서 김 서방을 찾는다고 식당이 옥천에 있다는 것밖에 모르면서 불쑥 말을 꺼낸 거였다. 그이가 미심쩍은 표정으로 물었다.

"식당 위치와 이름은 알아?"

식당 이름? 위치? 나는 주눅이 들어 말했다.

"옥천에 있다는 것밖에 모르는데…."

"이 사람아, 옥천이 얼마나 넓은데, 식당 이름이라도 알아야지."

그인 내가 하는 일이 다 그렇다는 듯이 스마트폰을 뒤적였다. 나는 죄인처럼 눈치를 봐야 했다.

그이가 식당 이름 하나를 부르며 맞느냐고 물었다. 긴가민가한데도

"맞아."

라는 말이 툭 나왔고 그인 그곳으로 차를 몰았다. 다행히 5분 거리에 있는 그 식당은 내가 갔던 곳이었다. 밥상 위엔 그동안의 내 길치 이력이 불려 나와 미각을 돋우었다.

내게 길치 징조가 처음 나타난 것은 예닐곱 살로 학교 문턱을 밟기 전부터였다. 오빠가 다니는 초등학교 운동회 날, 엄마 손을 잡고 처음 학교엘 갔다. 운동장엔 사람들이 너무 많아 몸이 서로 부딪히기도 했다. 나는 엄마를 놓칠까 봐 잡고 있던 손을 꼭 붙잡고 다녔다. 그런데 그곳에 간 지 두세 시간도 되지 않아 미아가 돼버렸다.

엄마는 경기 중인 오빠를 응원하기에 바빴고 나는 사람들 속에 박혀 있었다. 어찌 된 건지 사람들을 밀치고 고개를 내밀면 다른 어른들이

앞을 가렸다. 숨이 막힐 것 같아 붙잡고 있던 치맛자락을 잡아당기며 위를 올려다보는 순간, 어찌 된 걸까. 생판 모르는 아줌마가 시퍼런 눈으로 나를 내려다보고 있는 게 아닌가. 나는 소스라치게 놀라 잡았던 옷자락을 얼른 놓고 아주머니의 옆 사람, 또 옆 사람의 얼굴을 살펴보았다. 엄마는 어디 갔지? 겁이 왈칵 났다. 운동장을 아무리 돌고 돌아도 엄마는 보이지 않았다. 울지도 못하고 불안에 떨고 있는데 '아침에 왔던 길을 따라가면 집에 갈 수 있잖아.'

엄마랑 왔던 길을 따라 내려갔다. 길가엔 아무도 없었고 내 그림자만 쫓아왔다. 얼마쯤 갔을까. 두 갈래 길이 나타났다. 이 길로 가려면 저쪽 길이, 저 길로 가려면 이쪽 길이 서로 오라고 불렀다. 갈팡질팡하다가 한 길로 들어섰다. 그 길로 간지 얼마 안 되어 나는 산속에 갇혀버렸다. 금방이라도 이야기 속 늑대가 뛰쳐나올 것 같았다. 내 입에서 울음이 막 터져 나왔을 때였다. 지게를 진 아저씨가 다가와 다정한 목소리로

"아가, 네가 사는 동네 이름이 뭐지? 아버지 이름은?"

물으시는 거였다. 마을 이름과 아버지 이름을 대자 고개를 끄덕이며

"월평, 재현 씨 따님이구먼."

하시는 게 아닌가. 아버지가 읍에서 사법서사를 하고 계셔서 인근에 이름이 알려져 있었던 듯하다. 아저씨가 나타나 구해주지 않았다면 어떻게 되었을까? 생각만 해도 소름이 돋는다.

비가 오는 날이나 밤이면 방향 감각은 더 바닥을 친다. 비가 오는 어

느 날 공중전화 부스에서 통화하고 나왔는데 낯선 곳에 온 듯했다. 어디로 가야 할 지 몰라 주위를 둘러보며 이 길은 교회 가는 길이고, 저 길은 시장 가는 길이지 하면서 기억을 되돌리고 나서야 겨우 방향을 감지할 수 있었다. 나는 여러 날밤을 혼자 지새워도 무서워하지 않는다. 오히려 그런 밤을 즐긴다. 그런데 밤에 어딘가를 가려면 겁부터 난다. 깊은 밤 골목에서 집을 못 찾아 공포에 떨었던 기억이 깔려있어서이지 싶다. 그래도 지금껏 길을 못 찾아 식구들을 불러낸 적이 없으니 중증은 아닌 듯싶다.

내 눈엔 모든 길이 쌍둥이처럼 닮아 보인다. 그 길이 그 길 같다. 그러다 보니 가본 적이 없는 길을 혼자 갈 땐 동물들이 길에 영역 표시를 하며 가듯 멈춰 서서 은행, 약국, 마트 등에 눈도장을 찍으며 간다. 길치가 살아내는 법의 하나다.

그이와 나들이에 나설 때면 그인 운전석에 나는 옆 좌석에 앉아 가는데 가끔 길에 대한 나의 엉뚱한(?) 질문으로 차 안엔 웃음이 넘실대기도 한다. 수없이 다니는 길을 가면서

"이 길은 언제 생겼어? 저쪽 아파트가 있는 곳은 어디지?"

물어봄으로.

"당신은 참 좋겠다. 늘 새로워서."

밉지 않은 그이의 말에 나도 그도 입이 벙글어 진다.

얼마 전에는 그이가 요즘은 스마트폰 앱으로 어디서나 쉽게 길을 찾

을 수 있다며 길 찾는 법을 알려줬다. 버스, 전철, 승용차, 자전거, 도보 등 뭐든 선택하기만 하면 된단다. 몇 번씩 설명을 해줘도 내 머리는 하얗기만 했다. 공부 못하는 아이 화장실 찾듯, 할 일을 핑계 삼아 빠져나가기에 바빴다. 아마도 공간을 지각하는 뇌 일부가 지워진 건 아닐까 하는 생각마저 든다.

이쯤 되면 두 손을 들 만 한데도 그인 한술 더 떠 나에게 혼자만의 여행을 권하곤 했다. 해외까지는 아니더라도 국내라도 며칠 다녀보면 달라질 거라는 뜻이었다. '가라면 못 갈 줄 알고? 정말 가버려?' 하다가도 금세 꼬리를 내리곤 했다. 내 속엔 낯선 길을 두려워하는 겁쟁이가 숨어 있었던가 보다. 그이가 보내준 한 줄 글에 겁쟁이가 달아나 버린 걸까.

혼자서 길을 떠나 봐야겠다. 달랑 책 한두 권만을 챙겨서. 길치면 어떤가. 여태껏 잘 살아왔지 않나. 다리가 떨릴 때가 아니라 가슴이 떨릴 때 떠나라는 말처럼 가보자. 혼자니 길을 놓치고 눈치 볼 일도 없지 않은가. 길을 잃었던 초등학교를 찾아갈까, 가본 적 없는 남쪽 섬마을로 갈까. 가슴에 뜨거운 물결이 인다.

김정순 | 『월간문학』 수필 등단(2015년). 한국 문인협회 회원. 대표에세이 회원. 광진문화예술회관 회원. 저서 : 수필집 공저 『골목길의 고백』 『양평이야기』. E-mail: soon550928@hanmail.net

어머니의 꿈

강창욱

한숨 푹 자고 나면 잘 풀릴 것이라는 어머니의 지혜를 잊을 수 없다. 어머니는 내일 해야 할 일을 준비하느라 열중하고 있는 아들을 보고 그 일이 무엇인지 아시지도 않으면서 아들이 끙끙거리는 것이 안쓰러워 위로하시는 말씀이리라 여겼다. 과일 접시를 방에 들여 놓고 내 방문을 닫으시는 것을 보고 "네."라고만 생각 없이 건성으로 답하고 다시 끙끙거리다 잠이 들었다. 아침에 꿈이 좋았다는 느낌이 있었다. 다음날 태연히 출근하여 여느 때처럼 하는 아침 작업을 정리하고 강의 시간이 되어 강단에 섰다. 자신 있게 강의를 마쳤다. 신기하게도 강의를 생각보다 자신 있게 할 수 있었고 또 강의가 쉽게 진행되었다. 경청하는 연수생들이 여느 때보다 열중인 것 같았다. 모두가 강의에 만족한 것같이 느꼈다. 고맙기도 하고 신기하기도 했다. 그때는 그냥 지나

가는 순간적 상념이었다.

그렇게 시작된 하루가 만족스럽게 여겨졌다. 오늘은 저녁상이 푸짐했다. 반찬이 한두 가지 많은 것 같았다. "이야, 내 생일도 아닌데."라고 한마디 하니, 어머니는 "그래 장에 좋은 것들이 보이드라고."만 하셨다. 아버지는 "거 다 내 덕이다." 하시며 만족하시는 표정이셨다. 별생각 없이 내일 할 강의 준비를 끝내고 아버지 어머니께 안녕히 주무시라고 문밖에서 커다란 소리로 외치다시피 하였다. 어머니의 대답도 평소보다 만족하신 것같이 들렸다. 어머니께서 오늘은 한 마디 더덧붙이셨다. "좋은 꿈 꿔라." 하신다. 좋은 꿈은 어젯밤에 꾸었고, 그 때문에 오늘 종일 하는 일들이 다 잘 풀렸다고 생각 하려는 참에 어머니가 또 꿈 말씀을 하신다. 마치 어머니가 내 심정을 환히 알고 계시는 것 같다. '그럴 수도'라고 생각하는 찰나 커다란 소리가 울린 것같이 귀가 멍하였다.

이 느낌을 형용하는 말이 사전에 있을까. 어머니에게 있는 지혜, 어머니에게만 있는 그 지혜가 따로 있는지 하는 생각이 번개처럼 번쩍하고는 여광을 남기며 사라졌다. 왜, 그것이 간밤에 있었던 그 기억에도 남아 있지 않은 꿈과 연결시키는 것일까. 어머니는 내가 모르는 무엇을 아시는가? 어머니만 갖고 있는 지혜인가? 어머니의 독특한 사랑과 관계가 있는 것인가? 존 칼빈이 한 말이 메아리처럼 스쳐간다. 꿈은 하나님이 계신다는 증거라고. 누군가가 나를 위해 염려하고 기도를 하는구나 하는 믿음은 금쪽같이 귀하며 신기함을 새삼 느낀다.

하루 종일 신기하다고 여기다가 기어코 어머니의 지혜가 어디서 왔을까 하는 궁금증이 집착처럼 다가왔다. 어머니는 꿈에 대한 이야기를 누구에게서 배웠을까. 외할머니? 외할아버지? 아니면 어머니의 꿈에 나타난 성현이나 선녀? 내 맘을 이렇게 끌고 가는 것은 누구이며 무엇인가. 또한 성현의 말씀인지 할머니의 말씀인지 모르나 옳으면 믿으면 된다고 하신 말씀이 메아리처럼 들린다. 이런 공상과 꿈이 다를 게 뭘까 하는 생각을 하니 상상하기도 힘든 것에서 은혜를 입는구나 하는 신비감까지 얻게 된다.

강창욱 │『월간문학』수필 등단(2015년). 한국 문인협회 회원. 대표에세이 회원. 미국 거주. 문학연구및 저서 : 2013년 :『The Last Journey of Jack Lewis』, 영문소설, Westbow Press, 크리스천 출판사, 2007년 :『기도에 대하여』, 단행본, 훼사픽 개혁신학원 출판부. 2010년 :『춘원 이광수와 정신의학의 발전』, 논문, 춘원 연구학보 제3호, 춘원연구학회, 2011년 :『춘원의 영적 순례』, 논문, 춘원 연구학보 제4호, 춘원연구학회. E-mail: cwkang@comcast.net

화분 하나

신순희

화분에 씨를 심는다. 다시 보니 그건 씨가 아니다. 햄버거다. 이것이 무슨 조화인가. 먹던 햄버거 조각을 심으면 무엇이 나올까? 심은 대로 거둔다는 말대로라면 햄버거가 열리는 나무가 나와야 한다. 깨어 보니 꿈이다. 평소 햄버거를 좋아하는 것도 자주 먹는 것도 아닌데, 꿈이란 참 허무맹랑하다. 시애틀에 살다 보니 햄버거가 다 등장하고. 생각해 보니 그것도 괜찮다. 지구 곳곳이 굶주림에 아우성인데 햄버거 나무라면 획기적인 식량 공급원 아닌가. 나뭇가지에 주렁주렁 매달린 햄버거를 따는 기분이 어떨까. 원료가 아닌 완성된 식품이니 조리할 필요도 없고 연료도 필요 없고…. 개발할 수만 있다면 노벨평화상 감이다. 한편 생각해 본다. 생명을 지탱해 주는 일용할 양식이 꼭 음식에 국한될 필요는 없겠다.

책도 마음의 양식 아닌가. 책이 열리는 나무라면 어떨까. 꿈보다 해몽이라던데. 이따금 나는 현실감 없이 생각한다. 내가 지금 꿈을 꾸고 있는 것이 아닐까, 산다는 것은 기나긴 꿈속의 꿈이 아닐까, 가없는 꿈을 꾸느라 고생하는 이 꿈이 끝나는 날은 언제일까? 꿈속에서 일어나는 일들은 불가능이 없고 예측불허이다. 아직도 나는 누군가에게 쫓기는 꿈, 알 수 없는 나락으로 빠지는 꿈, 내 자리가 없어서 당황하는 꿈을 꾸느라 안간힘을 다하다 깨어날 때가 있다. 그 속에서 나는 객관적으로 나를 바라본다.

희로애락은 현실에만 있는 것, 꿈속에는 없다. 그런데도 나는 날마다 꿈을 꾼다. 꿈이 무어냐 물어주는 사람을 만나면 나는 다시 꿈을 꾸기 시작한다. 시애틀에서 가장 큰 '워싱턴대학'의 로고가 청보라색이고 풋볼팀인 '시혹스'의 상징 깃발이 청보라다. 우리 아이들이 졸업한 고등학교 로고 색도 그렇다. 시애틀 청년들의 이상과 현실을 버무린 색. 우리 집 앞에 지금 한창 피는 자잘한 봄꽃도 청보라다. 이 색은 흐린 날 돋보인다. 현실감 떨어지는 아련하게 바랜 색, 나의 꿈 색깔이다.

서점 이야기를 하려 한다. 아마존이 처음에 인터넷 서점으로 시작한 건 다 아는 사실이다. 그로 인해 다른 대형 서점들이 문을 닫고 나니 아마존은 시애틀에 다시 서점을 열었다. 전시를 위한 상징적인 서점이라고 하지만, 이동 인구가 많은 대형 백화점에 들어서 있어 오고 가는 시선들을 붙잡는다. 나도 호기심에 그곳에 들어갔다 하드보드 표지의

『Korean Food』요리책이 눈에 들어 그 책을 구매했다. 앞으로 더 시간이 지나면 서점을 구경하기 힘들 것이다. 그러면 곳곳에 아마존 서점이 들어설지 모른다. 나는 책방을 열고 싶다. 시애틀에서 한글로 쓰인 창작집만 파는 작은 책방을. 주제가 있는 사랑방 같은 책방으로. 겨우 유지만 되어도 족하겠지만, 아무래도 어려울 것 같다.

헌책을 팔고 책 대여도 해야겠다. 손님이 진을 치고 책을 읽고 간다고 해도 할 수 없다. 공짜 손님도 반가울 테니. 현실은 여전히 돈이 문제다. 여기서부터 생각이 복잡해진다. 우선 청보라에서 환상적인 보라를 버리고 이지적인 청색을 꺼낸다. 펼쳐진 청사진은 냉정하다. 책방 주인이 되는 일이 요원할 수도 있다. 책방 주인은 나의 오랜 꿈이다. 어린 시절, 동네 책방에서 비밀의 화원이라든지 알프스의 소녀를 빌려 읽으며 꿈을 꾸었다. 청소년 시절에 가본 청계천 헌책방에는 없는 게 없었다. 그 많은 책더미에서 내가 찾는 책을 찾아내던 주인 아저씨를 경이의 눈으로 바라봤다. 친구에게 김현승 시집을 선물하는 기쁨도 있었다. 어느 서점 입구에 진열된 각종 월간지라니. 그 속에서 특집 기사와 함께 실린 전혜린의 흑백 사진에 나는 얼마나 홀렸던가.

만일 내가 책방 주인이라면! 지금은 꿈꾸는 시간. 구체적인 계획을 구상하는 일은 시간이 걸릴수록 좋다. 꿈꾸는 동안만큼은 나는 청년이다. 꿈속에 작은 화분이 있다. 손가락으로 흙을 뒤적여 봐도 아무것도 심겨 있지 않다. 걱정스러운 표정의 내 모습이 관조된다. 이윽고 햄버

거 씨를 심는다. 한 줌 꿈이다. 책방 주인이 되어서 선반에 책을 듬성듬
성 채우고 한 권씩 빼 보는 내 모습을 상상만 해도 꿈만 같다. 설령 꿈
으로 끝난다 해도 상관없다. 이루어지지 않는 꿈이라도 괜찮다. 꿈을
꿀 수 있어 나는 좋다. 늦은 시작이란 없는 것. 무한한 세계에서 내가
가꾸고 기르는 화분 하나 가졌다. 나는 꿈꾸는 여자다.

신순희 |『월간문학』수필 등단(2015년). 재미수필문학가협회, 서북미문인협회 회원. 미국 워
싱턴주 시애틀 거주. 수상 : 월드코리안신문 이민문학상, 서북미문인협회 뿌리문학상. 저서 :
수필집 공저『골목길의 고백』『쉼』등. E-mail: shsh644@hotmail.com

중독자

박정숙

커튼 틈새로 아침 햇살이 눈부시게 비쳐든다. 햇살은 조용하고 부드럽게 자리를 잡는다. 오늘따라 유난히 눈이 부신 것은 지난밤에 잠을 설쳤기 때문이다. 얼떨떨한 정신을 가다듬기 위해 손으로 얼굴을 쓸었다. 수면부족 때문인지 피부 결이 푸석하다.

아침을 뜨는 둥 마는 둥 하고 소파로 향한다. 그것을 만나러 가는 것이다. 그것은 나를 애타게 기다린 양, 내 손길이 닿자 파르르 떨었다. 사실은 그것이 나에게 구원의 손길을 보낸 것인지도 모른다. 같이 있다 보면 그 즐거움에 흠뻑 취한다. 날씨가 맑은 날이건 흐린 날이건 혹은 비가 내리건, 나는 그것을 찾는다. 그것이 없었으면 무슨 낙으로 살았을까. 그런데 그것을 만남으로써 같이 오는 게 있으니 바로 소화불량과 근육통이다. 많이 움직이질 않으니 음식물이 위나 창자에서 잘

흡수하지 못하는 것이다. 그런 걸 감수하고도 그것이 좋은 걸 보면 분명 중독된 것 같다.

커피를 한 잔 들고 또 소파에 앉는다. 이곳은 가장 편안한 자세로 흠뻑 취할 수 있는 공간이다. 일단 자세가 편하고, 높이가 안성맞춤이다. 소파에 누워도 되고 비스듬히 앉아도 되기 때문이다. 그것을 만나는데 자세도 매우 중요하다. 침대에 엎드려도 보고, 식탁에 앉아도 봤지만 소파보다 더 편한 곳은 없는 것 같다.

안방에도, 거실 소파 위에도, 화장실에도, 식탁 위에도 이것은 존재한다. 어느 곳에 있어도 정말 폼이 난다. 그리고 쉽게 손이 닿을 수 있는 곳에 있기 때문에 빠진 것 같다. 그것은 취향이겠으나 사람을 끌어들이는 묘한 매력이 있다.

그것의 매력은 무궁무진하다. 열 손가락을 꼽아도 모자랄 듯하다. 이것은 게임과 비슷하다. 한 번 빠지면 헤어 나오기 어렵다. 아니 헤어 나오고 싶지 않다. 이것을 하는 동안은 즐겁고 시간 가는 줄 모른다. 내가 선택해서 하는 것 중에 이만한 것이 있을까. 해보지 않은 사람은 모를 즐거움이 그 속에 가득하다.

여행을 갈 때도 이것은 꼭 챙긴다. 큰 트렁크 속에 맨 먼저 자리를 잡는다. 내가 지치고 힘들 때나 외로울 때, 그것은 나의 에너지다. 먹어서 얻는 에너지보다 더 큰 에너지를 가지고 있다. 어떤 날은 갈 때 모습 그대로 올 때도 있지만 그것이 가방 속에 있다는 것에 만족한다. 여행지에서의 힘듦도 그것을 보는 순간 위로가 되기 때문이다.

친구에게 이것을 권하기도 한다. 같이 하면 좋을 것 같아서이다. 물귀신 작전처럼 같이 빠지는 걸 좋아한다. 그러나 가끔 실패할 때도 있다. 이것을 싫어하는 사람도 있는 것 같다. 다신 없을 것 같은 좋은 기회를 차 버린 듯해서 안타까울 때도 있다. 서서히 조금씩 빠져드는 희열은 느껴보지 않으면 모른다. 사랑에 빠진 연인처럼 안 보면 보고 싶고 보면 계속 보고 싶은 것과 같은 이유이다.

어떤 이들은 현실세계와 가상세계를 구분하지 못할 때도 있다. 현실에는 없지만 어디엔가 있을 것 같은 느낌. 현실에는 없는 사람이지만 실제로 그런 사람이 있을 것 같은 느낌이 들 때도 있는 것과 마찬가지이다. 그러나 이것은 치명적인 부작용은 없다. 충분히 극복할 수 있는 부작용이다.

그것과 함께 새벽을 맞이하는 날이 많아지면서 몸이 축나는 날도 많다. 몸에 안 좋은 것을 알지만 떼어내기란 쉽지 않다. 가끔 같이 잠자리에 들고 같이 일어나는 일이 부지기수다. 그러다 보니 자다가 그것을 만지고는 화들짝 놀라는 일도 많다. 초콜릿의 달콤한 첫맛에 대비되는 쌉싸름한 끝마무리처럼 말이다.

나는 이것을 중독이라 말하고 싶다. 가만히 생각해 보니 극복하고 싶지 않은 중독이다. 이 달콤한 중독은 빠지면 빠질수록 즐겁다. 누구에게 말하지는 않지만, 그렇다고 말 못할 중독도 아니다. 소화가 안 돼서 피부가 거칠어져도, 자세가 안 좋아 허리가 조금 아파도 계속할만한 가치가 있는 것이다.

나는 중독자다. 그렇게 말하고 싶다. 나는 지금 책과 달콤 쌉싸름한 중독에 빠져있다.

박정숙 |『월간문학』수필등단(2016년). 한국문인협회. 대표에세이 문학회 회원, 에세이울산 회원. 수상: 울산 산업문화축제 문학상. 저서 :『뜸』. E-mail: mesuk66@hanmail.net

음치

최종

멋쟁이 ㅎ 선생이 마이크를 잡았다. 입가에 비스듬히 마이크를 댄 그는, 눈을 지그시 내리 깔며 한껏 감정을 넣어 노래를 부르기 시작했다.

"아직도 내게 슬픔이 우두커니 남아 있어요."

모두가 가슴으로 따라 부르는 듯 절절한 노래에 빠져들어 갔다. 노래가 끝나자 큰 박수가 오랫동안 이어졌다.

간사인 ㄴ 선생이 다가오더니 어서 선곡을 하라고 재촉했다. 잠깐 기다려달라고 말했지만, 무엇을 부를까, 아무런 생각을 하지 않고 있었다. 오늘 동인 문학회 세미나가 끝나고, 저녁 후 뒤풀이로 노래를 한 곡씩 불렀다. 돌아가는 낌새가 한 사람이라도 노래를 부르지 않고는 그냥 지나치지 않을 것 같았다. 어쩔 수 없는 위기감에 몸이 죄어왔다.

요즈음 시나브로 음치가 되었다. 젊은 시절에도 노래를 잘 부른다는 말을 들은 적이 없다. 그래도 음치는 아니었다고 말하고 싶다. 지금은 웬만해서는 목소리가 크게 나오지 않는다. 음정도 불안정하다. 많은 사람들 앞에서 노래 부르기를 주저할밖에 없는 이유다.

"일찍 부르는 게 좋을 거예요." 옆에 앉은 ㅈ 선생이 진정어린 말투로 말을 거는데, 부지런한 간사가 또 내 앞으로 뚜벅뚜벅 걸어왔다. 아주 엄중한 눈빛으로 어서 부를 곡목을 말하라 했다. 이리저리 몇 번을 피했지만 맞닥뜨릴밖에 없다는 생각이 들었다. 야무지게도 진영의 노래, 〈나 돌아가〉를 부르겠다고 말해버렸다. 윤도현의 노래를 부르려다가 높은 음정이 걱정되어서 낮은 곡을 선곡했다.

10여 년 전에 나온 노래를 아이돌이 다시 부른 것이다. 옛날 노래는 나이 든 동인들이 모를 리 없다. 다 아는 노래를 엉망으로 부르는 것보다는 그들도 잘 모르는 신곡을 내 멋대로 부르는 게 좋겠다는 생각에서였을까. 그런 것은 아니었다. 매일 산책을 할 때마다 스마트폰에 저장된 노래를 들었다. 벌써 3년이 지났다. 가사도 거의 외우다시피 한 곡이다. 원래 음치의 기본 자세란 가사에 충실하면 된다지만, 한번 불러볼만 하다고 선곡한 것이었다.

기기 화면을 보며 노래를 부르던 ㄱ 선생이 관중을 향했다. "♪ 너를 못 잊어…." 풍부한 성량과 호소력 있는 음색이 고음으로 치닫고 있었다. 가슴을 확 틔워주는 느낌이 들었다. 돌아가는 조명은 없어도 마음이 들뜨기 시작했다. 이윽고 노래방 기기 화면에 다음 부를 곡목으로 〈나 돌아가〉가 떴다. 앞으로 나아가 마이크를 잡았다. 마이크도 오늘 내게는 보탬이 되지 않았다. 앞선 사람들이 부를 때에는 가끔 기계가 고장 났는지 잘 들리지 않더니, 지금은 쟁쟁하게 잘만 들렸다. 음 이탈이라도 나면 그게 더 잘 들려서 큰 우세를 당할 것 같았다.

어렵소. B1A4 진영의 노래가 아니었다. 박진영이 부르는 곡이었다. 그럴 리 없는데도 반 박자 이상 곡이 이상한 것만 같았다. 음치 주제에 가사만 착실하게 읽어 가면 될 게 아닌가. 아무리 음치여도 곡이 원래 예상했던 곡이 아니라는 것쯤은 안다고 우기고 싶었다. 결국 엉망으로 노래는 끝났다. 이렇게까지 음치 반열에 들어갈 게제는 아닌데, 안타까웠다.

회원들의 노래는 계속 이어졌다. 드디어 ㅇ 선생이 일어섰다.

"연분홍 치마가 봄바람에 휘날리더라. 오늘도 옷고름 씹어가며 산제비 넘나들던 성황당길에…."

반주 없이 부르는 〈봄날은 간다〉였다. 낮고 부드러운 목소리는 물기에 젖은 듯 온몸을 감싸며 가늘게 진동했다. 노래가 끝나자 환호와 박수 끝에 잠시 알 수 없는 정적이 흘렀다. 모든 소음을 빨아들인 노래의 여운은 한참 동안 실내를 빙빙 돌고 있었다.

1절을 끝낸 선생은 마이크를 내려놓고 천천히 문밖으로 나갔다. 그때였다. 나는 3절을 부르겠다고, 마이크를 다시 잡았다.

152

"열아홉 시절은 황혼 속에 슬퍼지더라. 오늘도 앙가슴 두드리며 뜬 구름 흘러가는 신작로 길에…."

앉은 자리에서 목소리는 내 주먹 마이크를 향하여 속으로만 읊조리고 있었다. 음치지만 조금도 서럽지 않았다. 황혼 속에 돌아다 보는 열아홉 시절, 슬프지 않았다. 억울함, 서글픔도 곱게만 색칠해준 지난 시절이 보였다. 그 세월의 조각들은 쿵쾅거리는 음향기기의 반주에 맞춰 가물가물 뜬 구름 흘러가듯 사라져 갔다.

최종 |『월간문학』수필 등단(2015년). 한국 문인협회 회원. 대표에세이 회원. 저서 : 수필집 『깨갱』. E-mail: cteng31@hanmail.net

나는 [____]이다

5

개구리

뒤끝 있는 여자

김순남

얼마 전 친구들과 일박 이일 모임을 할 때이다. 활달하고 주장이 강한 J가 모나지 않고 평소에 자기주장 크게 내세우지 않는 K와 큰소리가 오갔다. 가까이는 일 년, 더러는 몇 년 만에 만나 화기애애하던 분위기는 일순간 찬물을 끼얹은 듯 싸해졌다. 바쁜 일상을 떨쳐내고 친구들과 오랜만에 즐거운 시간을 보내려던 모두의 마음이 두 친구의 일로 그만 분위기가 가라앉았다.

일행 중에 J와 가까이 지내는 친구 한명과, 나는 K와 인접한 거리에 산다는 이유로 두 사람의 서먹한 관계를 풀어보고자 나섰다. 언제나 본인의 생각을 스스럼없이 말로 표현하는 J는 속사포처럼 내뱉은 조금 전의 자신의 행동은 별일 아니라는 듯이

"나는, 뒤끝 없는 사람이야. 남은 감정 별로 없다."

로 자신의 기분을 과감하게 표현했다. 그렇지만 K는 달랐다.

"살다 살다 이런 불쾌함은 처음이다."

사람마다 의견이 다를 수도 있는데, 자기주장만 고집하고 상대를 몰아붙이는 언행은 친구 사이에 있을 수 없는 일이라고 그동안 마음에 담아놓았던 섭섭함을 토로하며 더 이상 말 섞고 싶지 않다고 했다.

두 친구의 화해를 어렵게 이끌어 내며 자신을 돌아보게 되었다. 그렇다. 나도 K와 가까운 성향이다. 어릴 때부터 말주변이 없어 남 앞에 나설 일 없었고, 성인이 되어서도 어디서든 있는 듯 없는 듯 그런 존재였다. 친구들과 또는 어떤 모임에서 실컷 이야기를 나누고 돌아오다 보면 마음에 석연치 않은 답답함이 남았다. 다시 시간을 되돌려 그 자리에서 나도 한 마디 또렷한 표현을 하고 싶었다. 자신의 주장을 순간순간 순발력 있게 분위기에 맞춰 '내 생각은 이렇다'라고 표현하는 사람들이 내심 부러웠다.

꼭 한 타임 늦었다. 우매함이라 자책도 했었다. 말하기 전에 생각이 너무 많아서인지 모를 일이다. 간혹 이야기를 실컷 듣고 돌아서면 그때서야 화가 치미는 것이다. 아니, 그 자리에서 상대의 말이 맘에 안 들고 좀 불편해도 그냥 속으로만 생각하고는 표현하지 못했었다. 그냥 혼자 삭이고 또는 끙끙 앓고 하다가 마음에 앙금을 남긴 채, 보고 싶지 않은 이를 무덤덤하게 만나며 지내는 일도 있었다.

상담관련 공부를 할 계기가 있었다. 나 자신을 들여다 보게 되었고,

자신의 감정들을 그때그때 표현하지 못하고 마음에 담아두면 감정들이 쌓이게 되어 그건 상대나 본인에게도 좋은 일이 아님을 알게 되었다. 좋은 감정이야 묵혀 두어도 괜찮지만 껄끄러운 느낌들은 바로바로 상대가 기분 나쁘지 않게 내 기분을 전하려 노력했다. 흔한 일은 아니지만 누군가에게 좋지 않은 소리를 들었을 때 이런저런 상황을 고려해 상대방을 이해하려 많이 생각한다. 그럼에도 이해가 안 되고 계속 마음에 걸리면 한 타임 늦더라도 '선은 이렇고 후는 이렇다. 하여 내 기분은 이렇다.'를 시작으로 나의 감정과 뜻을 어설프게라도 전할 수 있었다.

지금은 조금 달라졌다. 맨 처음 그런 내 태도에 상대도 조금은 당황하는 기색이었다. 어떤 이는 "이렇게 뒤끝 있는 사람이었느냐고" 했다. 그렇지만 차츰 상대도 나를 대하는 태도가 달라짐을 느꼈다. "그래, 나 뒤끝 있는 여자야!" 작은 시작이지만 자존감에 적잖이 위안이 되었다.

'뒤끝 있는 사람' 부정적인 단어로 흔히 쓰이지만 나의 뒤끝은 그저 살짝 엉킨 실을 푸는 정도로 껄끄러운 감정이 생긴 상대와의 관계를 개선하고 잘 이어가고자 함이다. 순간의 분을 삭이지 못하고 상대방에게 할 말 못할 말 다 하고 "나는 뒤끝 없다." 하는 이는 본인의 분풀이를 상대에게 모두 풀었으니 그럴 만도 하겠다. 하지만 그 일로 마음에 상처를 받고 안으로 삭이고 있는 상대는 그때부터 감정이 생기지 않는가. 또한 상처를 받지 않으려고 피하고 참는 것이 대수가 아니라는 생각이다. 아둔한 나로서는 '뒤끝 없는' 사람은 될 수 없다. 성급히 말하다 보면 상대에게 하지 않아도 될 말들까지 하게 되어 후회를 남기게 된다. 사람마다 표현 방법이 다르지 않은가. 성향이야 어떻든 조금은 상대를 배려하며 말을 조심하면 상대방 마음에 상처 주는 말은 덜하게 된다는 결론이다. 그래서 앞으로도 한 타임 늦어도 '뒤끝 있는 사람'으로 살 것 같다.

김순남 │『월간문학』수필 등단(2016년). 한국 문인협회 회원. 대표에세이 회원. 목우문학회, 제천문인협회 회원. 수상 : 소월백일장 준 장원, 경북문화체험 수필대전 장려상. E-mail: ksn8404@hanmail.net

개구리

조명숙

저녁을 먹고 산책길에 나섰다. 집이 서울대 옆이라 몇 걸음
이면 관악산 광장이고 광장을 가로지르면 공원길로 이어진다. 관악산
공원길은 한쪽에 개울을, 한편으론 산을 끼고 있어 정취를 느끼며 걷
기 십상이어서 즐겨 찾는 산책로다. 산책을 하다가 잠시 벤치에 앉아
쉬기도 하는데, 오늘은 길가 돌에 앉았다. 그때 짝짓기 중인 개구리가
숲에서 튀어나왔다. 자기 몸집보다 작은 개구리를 등에 업고 당황하여
어찌할 바를 모른다. 나는 그것들을 개울가로 몰아갔다. 양서류는 나고
자란 곳을 찾아 알을 낳기 때문이다. 그것은 내 모습으로 투영되었다.

봉천동 158번지는 내 삶의 터전이었다. 오십여 년 전 산비탈에 허술
한 집들이 들어섰고 우리 집도 거기였다. 산자락에 자리 잡은 우리 집
을 기점으로 평지는 다 논밭이었고, 특별한 놀이가 없던 시절에 동생

들을 데리고 들로 나갔다. 그 길목엔 이름 모를 풀들과 야생화가 나만큼 자라 춤췄고, 새들은 노래했으며 파란 하늘이 우리를 내려다보고 있었다. 둑에 이르면 무논들이 펼쳐지고 늘 상큼한 바람이 불어왔다. 거기가 우리 놀이터였다.

우리는 둑을 타고 내려갔다. 두둑에 쪼그리고 앉아 논물 속 개구리 알을 들여다보며 놀았는데, 흐늘흐늘 젤리처럼 생긴 것에 둘러싸인 알들이 까만 눈을 굴리며 고르게 박혀 있었다. 알들은 날이 갈수록 조금씩 변해갔다. 세포분열을 통해 수없이 갈라지더니 앙증맞은 올챙이가 되어 바삐 움직였다. 갓 부화한 올챙이는 2일 정도 제대로 균형을 못 잡고 입이 없어 먹지도 못한다. 다만 빨판으로 헤엄치는 연습을 하는데 이 기간에 헤엄을 익히지 못하면 곧 죽어버린다. 알은 수천 수백을 낳았으나 이때 많이 죽는다. 나는 거기서 살아남은 올챙이였다.

동네를 벗어나지 않고 동생들과 유영했다. 뒷다리가 나오고 앞다리가 나오더니 서서히 아가미가 없어졌다. 아가미 대신 허파가 생기면서 뭍에서도 호흡하게 되었고 피부로 숨을 쉴 수 있었다. 꼬리가 없어지기 시작하더니 어느 날 완전히 없어졌다. 올챙이가 개구리로 탈바꿈한 것이다.

뭍으로 나갔다. 세상은 넓은데 조그맣고 힘없는 개구리가 발붙일 곳은 없었다. 잔뜩 움츠린 채 앞으로 나가지 못했고 그것도 여의치 않으면 물속으로 들어갔다. 지적 허기를 채우고 언젠가 멀리 뛸 것을 꿈꾸면서. 꿈이 있어 다시 땅을 딛었고 뛸 수도 있었다. 일련의 그런 것들은 나를 온전한 개구리로 성장시켰다. 어느새 성체(成體)가 되어 있었으니까.

성채가 되자 결혼이라는 멍에가 씌워졌다. 날을 받아놓고 친정엄마는, 외할머니가 주셨다는 눌림 돌 하나를 꺼내놓고 말했다. 이 돌이 들고 말할 때까지 너도 귀머거리인 척 보고도 못 본 듯 벙어리가 되라 일렀다. 어떤 고난과 시련도 묵묵히 이겨내어 시댁 식구가 되라는 가르침이었으리라. 나는 차라리 겨울잠을 잤다.

얼마나 잔 것일까. 댑바람이 지나고 온풍이 불어왔다. 맏이인 남편을 위시해 육남매가 다 결혼을 하고, 시부모님이 돌아가셨다. 잊고 있었던 나를 찾으려 뒤척이며 그동안의 흔적들을 더듬었다. 그 자취들을 써내려가며 무탈하게 살아낸 자신이 대견해 우물 안 개구리처럼 우쭐댔다. 개구리가 올챙이 적 생각을 못한 것이다. 적어놓은 글을 가지고 밝은 곳을 향해 다리를 쭉 뻗었더니 밖이었다. 밖으로 나오자 씨내리들이 자신을 배필로 골라달라고 아우성이었다. 하지만 아랑곳하지 않고 나와 잘 어울리는 선비를 만났다.

한양의 내로라하는 문예지와 짝짓기한 것이다. 등에 업힌 신랑을 자랑스럽게 여기며 알을 낳기 위해 그립고 정든 곳을 찾았다. 하지만 어린 시절을 보냈던 마을은 없어지고 건물이 들어찼다. 다급하여 알 낳기 알맞은 곳을 찾아 헤맸다. 마침 추억 속 마을과 닮은 산기슭을 찾았다.

162

글을 쓰기 시작했다. 나만의 아름다움, 슬픔, 아픈 사연들을 그려내며 산고를 치르는 중이다. 그들이 못생기고 온전치 못하더라도 내 유전자가 흐르는 것들은 소중하다. 언젠가는 내 안의 모든 것을 글로 다 쏟아내고 최후를 맞게 될지도 모른다. 그렇게 생을 마감한다면 그것은 절대 행복이리라.

둑에 서서 조금 전 개구리를 찾아본다. 어디로 갔는지 보이지 않지만 요람에 산실이 꾸며졌을 것이다. 어쩌면 나처럼 산란 중인지 모른다.

조명숙 |『월간문학』수필 등단(2017년). 한국문인협회, 대표에세이 문학회 회원. 2008년 충주시 가족지원센터 아동양육지도사. 수상 : 2009년 다문화 가족활동가 수기공모 대상, 2015년 괴산문학 전국 백일장 입상. E-mail: moungoky@daum.net

대학생

백선욱

환갑을 목전에 둔 나는 대학생이다. 마술처럼 지나간 세월을 되돌려 젊음과 열정의 한가운데에 서 있다. 토요일 이른 아침에 도착한 학교는, 신록의 푸르름 속에 만학의 나를 반긴다. 주차를 하고 심호흡을 크게 했다. 그리고는 전공 서적이 들어있는 가방을 꺼낸다. 연구방법론, 인문과학정보원, 정보네트워크, 도서관정보시스템론. 이번 학기에 수강하는 과목들이다. 필요한 자료와 온종일 내 갈증을 책임질 텀블러를 챙겨 6층 강의실로 향한다. 오늘도 꼬박 12시간을 의자 위에서 버텨내야 한다.

나의 소망은 평생을 영상에 관한 일만 하다가 촬영 현장에서 죽는 것이었다. 그 일 말고는 어떤 것도 할 줄 아는 것이 없었고, 다른 일이 나의 직업이 될 것이라는 생각은 해 본 적도 없다. 젊은 날, PD와 감독을 거치며 광고 제작 최전선에서 정말 치열하게 살았다. 옛 성인처럼 초연한 태도로 현실에 돌아와 다시금 내 삶에 성실할 수 있는 힘의 원천은 어쩌면 그 시절 몸에 익은 기억 때문인지도 모르겠다.

운명은 내가 계획한 대로 되지 않는다. 2년 전 친구가 관장으로 있는 공공도서관에서 미디어 전문도서관을 개관한다는 연락을 받았다. 개관을 앞두고 영상설비를 감수해달라는 청에 흔쾌히 달려갔다. 그런데 요즘 도서관은 예전에 내가 알던 곳이 아니었다. 전통적인 도서 대출과 반납의 단순 업무에서 벗어나 인포메이션 커먼스(Information Commons)의 형태로 운영되고 있다. 인포메이션 커먼스란 도서관을 찾는 사람들이 정보 검색, 수집, 제작 과정에 참여할 수 있으며 공개 소프트웨어 등의 이용이 가능한 서비스 공간을 의미한다. 보다 적극적인 접근 방식의 공공서비스인 것이다.

미디어 전문도서관은 수준별 영어와 미디어 시설로 특화된 전문도서관이다. 특히 미디어편집실, 영상 및 음향 스튜디오 시설은 최상급의 기자재로 설치되어 있다. 그곳에서 내 전문 분야인 영상에 관한 경험과 기자재 활용법 그리고 실제 이용자들을 위한 이용 안내서 등 미디어실 전반에 관한 조언을 해 주었다. 오래전에 현장을 떠났다고 생각했는데 미디어 도서관의 개관을 도와주며 마음 한구석에서 알 수 없는 작은 불꽃이 피어올랐다. 새로운 시작을 알리는 사인이었다.

도서관에 관련된 일을 해보자. 도서관은 ICT(정보통신기술)와 기존의 업무가 결합한 형태의 새로운 공간으로 발전하고 있다. 문서와 미술 작품의 보존 방식도 디지털 기술의 옷을 입는다. 고문서는 전자책으로, 미술 작품은 디지털 이미지로 변환되는 등 모든 정보가 디지털 데이터로 저장되고 있다. 정보 관리 방법의 경계가 사라지면서 미디어 자료의 비중이 커지고 있다. 도서관은 라키비움으로 변신을 꾀하고 있는 것이다. 라키비움(Lachivium)이란 도서관(Library)과 아카이브(Archives), 그리고 박물관(Museum)의 기능을 혼합하여 만든 조어(造語)로써, 오늘날과 같은 디지털 환경 속에서 더욱 부각되는 개념이다. 도서관에서라면 무엇인가 할 수 있는 일이 있을 것 같다. 아무도 내게 일을 주지 않을 것이기에 일단 자격을 갖추고 할 수 있는 일을 만들어야 한다. 연관된 지식을 얻자.

나는 사서가 되기로 마음먹었다. 미디어 전문 사서 말이다. 수소문 끝에 안양에 있는 D대학 문헌정보학과에 어렵게 편입했다. 20대가 대부분인 강의실에서 나는 너무나 소심해졌다. 아니 조금 부끄러웠다. 이 나이에, 무슨 공부란 말인가. 그것도 60세에 사서가 되겠다니. 젊은 친구들은 나의 존재가 궁금했는지 연신 질문을 한다. 왜 공부를 하세요.

토요일 수업은 오전 9시에 시작해서 밤 9시가 되어야 끝이 난다. 눈도 침침하고 입도 마르고 허리도 아프다. 쉬는 시간이 되면 신음소리가 절로 난다. 그래도 나는 해낼 것이다. 어떤 것도 늦은 것은 없다. 이제 마지막 학기 중반을 지나고 있다. 복도에서 교수님과 눈이 마주쳤다. 수고한다며 서로 격려했다.

가을이 오면 나는 사서다. 삶의 순간은 늘 기적이다.

백선욱 |『월간문학』 수필 등단(2017년). 한국 문인협회 회원. 대표에세이 회원. 문학동인글풀 회원. E-mail: sunwuk143@daum.net

'레어 rare' 스테이크

이재천

넓은 홀에 둥근 원탁이 좌우 두열로 무대까지 길게 배열되어 있다. 여의도에 위치한 웨딩홀이라 호텔 연회석에 준하는 시설이 맞다. 시작 전 혼주와 축하인사를 건네는 것이 내내 네 시간여를 고속버스와 전철, 셔틀버스를 타고 서둘러 온 목적인 터라, 이 임무 완수가 먼저다. 이 대면이 끝나면 긴장이 풀리고 비로소 피로연 장소에 관심이 간다. 가지런히 세팅된 식장의 탁자 모습을 보고 코스 메뉴가 준비되고 있음을 알았다. 사회자의 코믹한 멘트와 환호, 박수소리가 겹쳐 소란스럽게만 느껴진다. 빠른 진행을 하는 것이 상술인데 피로연까지 겸한 장소가 맞는 것 같다.

한참의 인내심을 시험하고 나서야 피로연이 시작된다는 반가운 소리가 들린다. 다정하게 팔짱을 끼고 행진하는 한 쌍의 상기된 표정이 좋아 보인다. 미래도 저렇게 행복한 모습으로 채워가며 살아 갈까 하는 쓸모없는 잡념도 들지만, 기실 테이블 컵에 꼽아 놓은 안내 메뉴의 맛이나 질은 충분할까가 더 관심을 끈다. 잔칫상 첫 요리가 나오고 포크를 든다. 배고픔은 본능인지라 비로소 얼굴에 생기가 돈다. 코스 요리의 기대감에 빠져 있을 때 귓가에 낭랑한 소리가 들려온다. 신랑신부의 덕담하는 순서가 진행되고 있다. 친한 벗이 나와서 장점을 칭찬하고 자랑을 늘어놓는다. 은연중에 카랑카랑한 여자의 목소리가 스피커를 타고 호소력 있게 들려온다. 오랜 단짝 친구고 "연애를 하는 중에도 자신의 일을 소홀이 하지 않고 성취시킨 정말 똑똑한 친구다."라고 말문을 트면서 변호사 시험을 단번에 합격했다는 이야기와 국내 굴지의 법무법인에 취업했다는 줄거리다. 신부를 한 번 더 쳐다보게 만든다. 첫 인상은 수더분하게 보이던데 그런 모범생이라니, 부모의 뒷바라지도 대단하다는 생각이 들지만, 사위가 마음에 찰까 하는 생각도 겹쳐진다. 신랑은 회사에 다닌다는데…. 하기는 서로 좋아하고 사랑하면 됐지 괜한 염려다.

네 번째가 메인이었다. 먹음직하게 세팅된 두툼한 스테이크 요리다. 두툼한 고기가 무디게 잘리자 빨간 속살이 드러난다. 겉과 속이 확연하게 겹 층을 이루고 있다. 이렇게 핏물 같은 육즙이 살짝 스며있는 살코기가 연하다고 한다. 겉은 바삭바삭 씹히면서 속살의 부드러움도 느껴진다. 불에 익혀진 살코기의 질긴 느낌이나 연한 맛은 씹기 전까지 알 수가 없다. 서양 문화에 익숙하지 못하고 자란 세대이기에 잘라놓은 살코기 핏물 덩어리가 썩 입맛을 당기는 건 아니다. 잠시, 잔인하다는 느낌이 들 뿐…. 그래도 남긴다는 건 어려운 보릿고개를 넘어왔던 세대에겐 사치일 뿐이다.

갑자기 높은 톤이 들린다. 옆에 있던 몸집 작은 친구가 식도락가처럼 스테이크 조각을 음미하면서 자녀 소개를 한다. 두 아이를 유학 보내면서 학비와 생활비로 수억 원을 대느라 7년 동안이나 맞벌이 하면서 엄청 고생했다는 내용이다. 미국 명문대학이라면서 자녀의 졸업사진까지 폰으로 확대해서 보여준다. 아직도 갚아야 할 빚이 많다고 한다. 명퇴하지 못하는 이유 중의 하나라고 강조한다. 겉보기에 어수룩하게 보았는데 뒷바라지한 열정과 남다른 교육열이 놀랍다. 부럽기도 하고 "대단하다."라는 찬사를 거푸 보냈지만 속으로는 씁쓸한 기분을 느낀 건 나만은 아니었을 것이다. 이 나이 세대가 모이면 혼사나 취업이 관심사이고 자녀의 사회적 지위나 성공 여부가 화두로 여겨질 때가 흔하다. 자녀를 잘 키운 친구들이 우러러 보이고 부럽다. 이런 주제가 오갈 때마다 은근히 위축되고 초라해져 간다. 혹여 불편한 심기를 알아챌까 봐 괜한 농담을 건넨다. "누구를 닮아서 그리 잘하냐? 자녀가 고액연봉을 받는다면 다 갚아준다고 하더냐? 걸맞는 결혼도 시켜야지…."

기운 빠지게 하는 추가 설명도 덧붙인다. 혼주의 딸은 더 놀랍다고 한다. 카이스트대학 4년간 일등을 한 번도 놓치지 않았고 매월 장학금을 백만 원씩 받고 효도하면서 졸업했단다. 우리나라 영재 아이들 중에서도 0.5%에 속하는 사람이라고. 지금은 미국 무슨 대학에서 MBA 과정을 받고 있다나. 아까 식장 입구 친구 옆에서 한복을 차려 입고 서 있던 아이가 맞다. 군산이 고향인 친구도 듣고만 있다가 눈을 둥그렇게 뜨고 놀랍다는 표정이다. 그러면서 "별일이다."라는 말에 장단을 더한다.

하필 질긴 부위가 씹혔나 보다. 억지로 잘근잘근 씹다 보니 어금니가 지끈거린다. 고민하다 뱉어내고 다시 다른 놈을 집을까 하다 포기하였다. 갑자기 얼큰한 멸치 국물에 적셔진 국수 면발과 잘 곰삭은 열무김치의 사각사각 씹혀지는 입맛의 충동에 사로잡힌다. 이 양식 코스는 화려하고 우아하고 식욕을 불러일으킬 만큼 데코도 잘 되어 있다. 접시마다 올려놓은 요리도 바람에 날아갈 정도로 간질나게 차려져 있다. 먹고 나면 괜히 본전 생각이 나는 건 나만의 속물근성인가 보다. 가난한 서민의 근시안을 가진 눈높이가 문제일 것이다.

내내 말을 아끼던 군산 친구를 부럽게 바라보던 시선이 자녀 교육이었다. 누구보다 자녀교육을 우선시 했던 친구다. 사실 말이 적은 사람은 아닌데 꼭 다문 입과 묘한 기색이 부모의 자녀욕심을 대변하는 것처럼 보였다. 이 친구의 두 아들도 지방대학이지만 모범생으로 졸업하고 대기업과 교사로 일하고 있다. 표준 이상이 아닐까? 단순 비교는 함정이고 어리석은 판단일 수 있다. 겉보기가 고급이고 화려하고 먹음직하고 맛있어 보여도 나름 감동을 주는 진품 요리는 먹는 사람의 체감마다 분명 다르다.

대학 시절부터 익숙한 친구들이라 속속들이 사는 품새도 알고 있다. 비슷비슷한 직장에 나이도 먹고, 먹고 사는 것도 고만고만하지 않았나 싶었다. 오히려 드러나지 않는 그들의 삶 속에 그리 가깝게 관심을 가져본 적은 없었다. 양파의 깊은 속처럼 숨겨진 면을 가지고 있다는 점이 새삼스럽다. 사실, 그런 것보다는 지독한 난시로 바라본 상대적 박탈감이 더 컸다. 나와 다르지 않은 범부일 텐데 벗기고 보니 자녀를 위한 무조건적 희생과 헌신, 우선순위로 살아 왔다는 사실에 놀랐다. 우리 부모의 세대가 했던 것처럼.

마지막 순서는 과일 몇 조각에 커피 한 잔이다. 커피가 엄청 쓰고 텁텁하다. 원두커피가 점령한 대한민국인데, 좀 질 좋은 커피를 선택해 주면 안 되나? 내내 우아한 코스요리에 대접 받았다는 생각보다는 알싸한 상술로 심술이 겹쳐진다. 내심으로는 걱정도 된다. 그럴듯한 잔치와 대접을 하려면 비용이 만만치 않을 것이라는 괜한 미래 걱정거리도 앞선다.

돌아오는 길, 어디선가 사고로 막혔나 정체가 심하다. 머리가 어지럽고 무거워진다. 무리한 식탐을 했나 보다. 괜한 열등의식마저 더해져 정체성도 엷어지고 왜소하게 만든다. 아이들을 위해 어떻게 살아왔나? 나는 도대체 어디에서 무엇을 하고 있었나? 무슨 역할을 한 건가?

무엇을 기대하며 살아온 건가? 부모라는 명분의 망토가 구멍 나고 해어졌다고 핑계대면서 부끄러운 줄 모르고 뒤집어쓰고 살아왔다. 그럼에도 휘어지거나 부러지지 않고 단단한 줄기로 자라준 아이들이 고마울 뿐이다. 튼실하고 곧은 뿌리를 만났더라면 명품의 모양새와 꽃향기가 분명 달라져 있었을 텐데…. 아니, 그보다는 다시 돌아갈 수만 있다면 좀 더 환하고 중후한 미래를 만나게 해주지 않았었을까? 내려오는 세 시간여를 자책감에 시달렸다. 아까 먹었던 스테이크 살덩이 속 붉은 육즙이 이제야 위벽을 타고 기어오른다. 속이 거북하고 더부룩해진다. 언제쯤이면 속은커녕 겉조차도 익혀지지 않은 이기적인 나를 '웰든(well done)'으로 숙성시킬 수 있을까? 맛깔스럽기는커녕 약한 불에 설익게 만들어버린 함량 미달의 부모지만 살아온 흔적 그대로 인정해줄 날이 있을까나.

이재천 | 『월간문학』 수필 등단(2018년). 한국 문인협회 회원. 대표에세이 회원. 전북아람수필 회원. E-mail: chon411@naver.com

사람 거울

신삼숙

풋풋하던 이십대 시절의 일이다. 회사 복도를 지나가다 거울과 마주하게 되었다. 걸음을 멈추고 옷매무새를 고치는데 거울에 내 뒤에서 웃고 서 있는 남자의 모습이 보였다. 당황해서 돌아보니 E 과장이었다. E 과장은 나를 보며

"미스 신, 내가 거울인데 나한테 보여줘 봐. 내가 봐줄게."

한다. 얼마나 무안하고 창피스럽던지

"네?"

하는 반문과 함께 도망치듯 자리를 피했다.

지금도 가끔가다 그때 그 장면이 떠오르는 것을 보면 몹시 충격적이었나 보다. 당시는 이상한 사람이라는 생각이 들었는데 살아가면서 생각해 보니 맞는 말인 것 같다.

결혼을 하고 아이가 생기니 내 행동거지에 신경이 쓰였다. 아이들에게 모범이 되어야 한다는 마음에서였다. 큰아들이 첫 아들을 낳았을 때도 내가 아들에게 해준 말은

"부모는 죽을 때까지 자식의 스승이니 이제부터는 모든 행동에 각별히 조심하라."

였다. 이처럼 나는 자식들에게 거울이 되고 싶었지만 현실은 달랐다. 감정에 못 이겨서 어느새 말꼬리가 올라가고, 두 아들 앞에서 남편 흉을 보았다.

내게는 미운 남편이지만 아들들에게는 좋은 아버지 기억을 전해주어야 한다는 게 나의 바람이었다. 그러나 병간호에 지친 내 마음을 하소연하다 보면 나도 모르게 남편의 흉을 보고 있었다. 아마도 내 마음 속에 꽁꽁 뭉친 마음이 저절로 풀려나와서인 것 같았다. 그러다가 아차! 하고 언짢은 마음의 감정풀이에 후회를 했다.

거울에 내 얼굴을 가만히 비추어 본다. 어떤 때는 잔잔하고 또 어떤 때는 화가 가득하다. 낯선 얼굴이 보이다가, 친근한 얼굴이 보이기도 한다. 낯선 얼굴이 보이면 고개가 저절로 돌아간다. 초라한 모습에 실망스러워서 마음이 상한다. 인생무상도 느껴지며 언제 이리 늙었을까 서글퍼진다. 하지만 거울은 거짓말을 하지 않는다. 보이는 대로 비춰줄 뿐이다.

거울에 비춘 나를 만질 수는 없지만 비춰진 모습에서 마음이 느껴

진다. 내가 살아온 희노애락애오욕(喜怒哀樂愛惡慾)이 고스란히 보인다. 내 생활의 일상이 거울 속의 나를 통해 그대로 나타난다. 웃는 모습은 즐겁게 하지만 주름진 얼굴을 보면 슬프다. 그래서 자주 나를 뒤돌아본다. 어느 날 뒤틀린 표정을 보면 당혹스러워서 거울을 보기가 두렵다. 삶에 날이 선 날이면 찡그린 얼굴을 보기 싫어서 거울을 피한다. 그러다가 바쁘면 거울 보기조차 잊어버린다. 나는 나에게 주어진 길을 옆길로 가지 않고 똑바로 사는 길이 잘 사는 삶이라 생각했다. 물질적으로 넉넉하지는 못하지만 정신적으로는 바른 모습을 보여주는 게 덕목이라고 여겼다.

하지만 삶은 호락호락하지 않았다. 늘 어떤 문제가 나의 발목을 걸었다. 그럴 때마다 소매를 둥둥 걷고 다 안고 가야 했다. 지칠 대로 지친 삶은 나를 허물어뜨리고 망가지게 했다. 공연히 누군가를 원망하고 탓하며 투덜거렸다. 그러기를 반복하다 생각의 저울이 오르락내리락 한바탕 가슴을 훑고 지나가고 난 후에야 고요해졌다. 다시 거울을 마주대할 용기가 생겼다.

나는 자식들을 내가 만든 틀에 끼워 맞추려 했다. 그들의 생각보다 더 오래 산 내 생각이 옳다고 판단했다. 그들을 존중하기보다는 세속적으로 이익이 되는 쪽으로 선택하게끔 유도했다. 대학도 이른바 인기학과에 진학하기를 바랐다. 꿈을 따르기보다 좋은 직장을 갖고 안정된 생활을 하는 게 최고라 생각해서였다. 이제 와서 돌아보니 마음이 아프다. 지금 아들은 다행히 자리를 잡은 듯하지만 상처가 많았을 것 같다. 내가 재촉하는 동안 아들은 나의 갇힌 생각에 맞추느라고 끙끙 앓았을 거다. 이 세상에 완전한 어른은 없다고 하는데 어른 노릇 한다고 아들을 괴롭게 만든 것 같아 마음이 착잡하다. 한순간 옳지 못한 부모가 된 느낌이다. 이따금 원하는 대로 했으면 아들이 행복해 했을까 헤아려 본다.

옛말에 물에 얼굴을 비추지 말라는 무감어수(無鑑於水)가 있다. '거울로 자신을 비추지만 말고 사람을 거울로 삼아 자신을 비추는 현명한 사람이 되라'는 뜻이다. '물을 거울로 삼으면 얼굴을 볼 수 있을 뿐이지만 사람을 거울로 삼으면 지혜를 얻는다.'라는 말이다.

실수투성이 거울이지만 나는 여전히 사람 거울이 되고 싶다.

신삼숙 |『월간문학』수필등단(2018년). 한국문인협회, 대표에세이 문학회 회원. 가산문학회, 푸른들 독서회 회원. E-mail: angella0303@naver.com

공무집행 방해자

정석대

반려견이니 애완견이니 호들갑을 떨다가 유기견으로 만들어 버리는 것도 인간의 짓이다. 도시의 변두리에 있는 주말농장에 인간의 유토피아에 발을 붙이고 있다가 졸지에 버림받은 개들이 몰려왔다. 마뜩하지 않은 불청객이다. 직접적인 해는 받지 않았지만, 농장 회원들은 배신당한 개들이 인간에게 복수하지 않을까? 겁을 먹었다. 반면에 슬며시 먹이를 가져다 놓는 마음이 여린 사람들도 있다. 굶주린 개들이 불쌍하다는 사람들과 사나운 무기로 돌변할 수도 있으니 몰아내야 한다는 부류로 나누어졌다. 소수의 캣맘은 비난 덩어리였고 갈등은 증폭되어 왔다. 나도 개들이 빨리 없어지기를 바라는 쪽이었다. 회원 감소가 우려된 농장주는 구청에 민원을 넣었다. 민원 담당 공무원들은 법조항에 근거하여 큰 쇠창살로 된 우리로 덫을 만들어서 한 마리씩 잡아다 죄인을 압송하듯 어디론가 끌고 갔다. 정당한 공무집행이었다. 배고픔은 알량한 사잣밥의 유혹을 외면할 수 없었을 것이다. 잡혀간 개들은 인간들이 최소한의 양심을 보이기 위해 만들어 놓은 매뉴얼에 따라 분양을 원칙으로 하나 분양자가 없으면 안락사를 시킨다고 했다. 늙고 추레해진 개들을 분양하려는 사람은 없을 것이므로 그들의 말로는 뻔했다.

그중에 마지막까지 잡히지 않았던 새끼를 데리고 다니던 누렁이 한 마리가 있었다. 지난여름 큰물이 나던 날 물에 젖어 오돌오돌 떨고 있는 눈도 채 안 떨어진 새끼 한 마리를 물고 처음으로 농장에 나타났다. 아마도 다른 곳에 새끼를 낳았다가 물난리를 만나 겨우 한 마리만 구해서 온 것 같았다. 사람들은 이놈만 없어지면 농장에 평화가 오리라고 기대하였고 오늘 새벽에 드디어 놈이 잡혔다. 희뿜한 새벽에 농장에 일하러 나갔다가 쇠창살 우리 안에 축 늘어져 있는 놈을 보았다. 입가에 말라붙은 피는 지난밤의 처절한 몸부림의 흔적이었다. 어미가 잡혀가면 남은 새끼는 어떻게 되나 마음이 쓰이고 눈길이 마주칠까 의도적으로 덫 쪽을 쳐다보지 않았다. 이제 사람들이 분주히 움직이는 아침이 오면 놈은 관의 힘에 의해 어디론가 실려 갈 것이고 이슬처럼 이 세상에서 사라질 것이다.

미우나 고우나 한 계절을 한 터전에서 보냈는데 마지막 작별 앞에 알량한 적선기가 발동하였다. 가지고 있던 바나나 하나는 노동을 위한 나의 아침이었다. 그 바나나를 슬며시 창살 틈으로 밀어 넣었다. 죽은 듯이 늘어져 있던 놈이 바나나를 덥석 물기에 짐승의 몽매함에 대해 마음이 아팠다. 그러나 바나나를 문 채 삼키지 않고 낑낑거리는 소리를 냈다. 그때 어디선가 새끼가 쪼르르 달려 나왔다. 어미는 좁은 쇠창살에서 몸을 돌려 새끼의 입에 바나나를 넣어 주는 것이 아닌가! 일순간 나는 얼어붙고 말았다. 세상에서 가장 숭고한 그 무엇이 내 앞에서 벌어지고 있었다. 생명은 위대하다. 무조건적인 저 모성애는 생명보다 더 위대했다. 새끼는 게걸스럽게 어미가 주는 마지막 성찬을 허둥대며 먹어치웠다.

어머니가 생각났다. 오랜 병석에 계셨던 어머니가 생의 막바지에서 사고(死苦)가 길어지고 담 끊는 소리는 점점 심해지고 있었다. 그러나 살아온 절절한 삶만큼이나 마지막 끈도 쉽게 놓지 못하셨다. 속수무책으로 어머니의 죽음을 기다리는 심정은 참담했다. 며칠을 임종을 지키다 내 앞가림하기 바쁘다는 핑계로 서울로 돌아오려고 할 때 어머니는 무엇을 말씀하시려고 입을 움직거렸지만 알아듣지 못했다. 옆에 있던 형수님이 '서울 서방님 밥 먹고 가시래요.'라고 통역을 해주셨다. 서울로 귀경하는 차 안에서 얼마나 울었는지 모른다. 내 평생의 눈물을 그날 다 쏟은 것 같았다. 결국 어머님의 임종은 지키지 못한 불효자가 되었다.

가슴속에서 뭉클한 무엇이 올라왔다. 인간은 무슨 권리로 저 개의 숭고한 생명과 사랑을 맘대로 취할 수 있는가? 나는 분명 자애론자나 평화주의자는 아니지만 망설일 수가 없었다. 나도 모르는 새 철창의 고리를 풀고 있었다. 누렁이는 쏜살같이 우리를 뛰쳐나갔다. 새끼와 함께 옥수수이랑 속으로 몸을 감추다 나를 힐끗 돌아봤다.

인간은 스스로 만든 상상의 합의로 조물주가 준 권력 그 이상을 남발하고 있다. 동물은 생존을 위해 다른 생명을 취하지만, 인간은 즐기기 위해서 혹은 즐거움을 방해한다는 이유로도 다른 종의 생명을 맘대로 죽인다. 모든 생명에는 사랑과 존엄이 엄연히 존재한다는 것에 대해 간과하고 있지 않은지? 깊은 생각에 잠겼다.

오늘 아침에 나는 공무집행 방해자가 되었다. 정당했다고는 생각지는 않으나 저 거룩한 모정에 행한 정의로움에 대해서는 후회는 없다. 오늘 이후로 손맛을 본다는 이유로 자행해 왔던 낚시질도 그만두어야겠다. 지금 내가 하고 있는 잡초 뽑는 것도 조심스러워졌다.

정석대 | 『월간문학』 수필등단(2018년). 한국문인협회. 대표에세이 문학회 회원. 수상 : 2014년 기록문학상, 2015년 좋은생각 생활수필 당선, 2015년 고모령효축제 수필 최우수상, 2015년 월간 한국인 창작콘테스트 은상, 2018년 전북인권수필 우수상. E-mail: jungsukdae@hanmail.net

안개 꽃

송지연

하얀 절벽을 마주했다. 폭포수 같은 빗줄기가 유리창을 뚫을 듯한 기세로 거칠게 몰아친다. 분연(憤然)한 빗방울들이 음전한 시선을 하얗게 가로막는다. 유리창 너머 뿌옇게 흔들리는 자동차의 헤드라이트로 인해 밖의 세상이 그나마 어슴푸레 드러날 뿐. 삼킬 듯 포효하던 물세례를 받은 대지는 차츰 정신을 가다듬고 싱싱하게 되살아난다. 실개천도 넘실거리며 시원스레 달려간다. 유리창 너머의 세계는 생동감이 폴폴 날아오른다. 허벙거리던 일상에서 벗어나 잠시나마 적적(的的)한 감상에 젖는다. 거센 빗줄기는 유리창에 흩뿌려진 몇 개의 물방울만을 상심(傷心)의 흔적으로 남긴 채 달음질쳐 가버렸다. 어느 한적한 산모롱이에 등을 기대고 모자란 잠을 청하고 있으려나. 스산한 기운을 안은 산안개는 온 산을 휘감고 돌아, 고즈넉한 산 그림자마저 감춰 버린다. 웃자란 가지가 낭창거리는 신록의 청아(淸雅)함이 싱그럽다. 주변을 맴돌던 작은 새의 우미(優美)한 비음(琵音)이 가일층 정겹다. 흠뻑 내리는 비는 일용할 양식이다. 나무와 꽃들과 곡식과 동물들뿐만 아니라 인간에게도 쉬어갈 겨를을 안겨준다. 산허리를 에두른 운무(雲霧)는 드문드문 산의 골만 보여줄 뿐, 하얗게 감싸며 피어오르는 정경에 탄성이 절로 나온다. 그림으로 표현하지 못하는 절묘한 형상(形相)의 한 컷, 평소에 느끼지 못하던 선경(仙境)이 아닐 수 없다. 비온 뒤에 느껴지는 충만감은 실로 오랜만이다. 살짝 드러난 안개 속의 산 정상은 홀로 고독경에 들어 하릴없다. 예전에 어머니가 집을 비우시면 따뜻한 부엌아궁이에 옹기종기 모여 앉아 하염없이 대문만 바라보던, 애련(哀戀)한 눈빛으로 응시한다. 노염(老炎)에 힘이 빠진 산안개는 가벼운 구름이 되어 점차 하늘 쪽으로 느릿한 걸음을 옮긴다. 안개구름은 하늘을 화지삼아 잿빛, 흰빛, 재색이 조금 섞인 흰빛으로 구름 팔레트에 여색(餘色)을 풀어내기 시작한다. 연하늘빛 화지에 무채색의 대비가 제법 어울리는 구름바다를 요소요소에 펼쳐놓는다. 하늘가에 살짝 드러낸 안연(晏然)한 하늘빛의 목도(目睹)는 가히 환상적이다. 자연의 오묘한 색감은 인간이 그려낼 수 없는 절댓값이다. 약한 재색을 띤 흰 구름에 한 줄기 햇살이 비추면 재색의 안료는 빛에 소멸된 채, 하얗게 빛나는 뭉게구름으로 홀연히 떠오른다. 하얀 구름 사이로 에메랄드빛 호수를 품은 파란 하늘이 조심스럽게 위용을 갖추며 자신의 모습을 조금씩 드러낸다.

세찬 빗줄기는 더위에 졸고 있던 내 영혼을 흔들어 깨웠다. 여러 가지 상념으로 혼돈이 자주 오는 머릿속에 절어있던 관념의 장(場)을 비워내 주었다. 사유와 인식은 삶을 살찌우기도 또 피폐해지게도 만드는 절해(節解)의 고독이다. 오랜만에 빗줄기에 기대어 세상 밖을 내밀한 시선으로 바라보는 일은 평범하지만 낯설다. 종종 자신을 들여다보는 시간을 갖지 않은 불찰을 이내 깨닫고, 거친 빗속에 가두어진 내면을 조용히 성찰해 본다. 자신을 중심으로 세상이 돌아가기를 바라며 살지는 않았는지. 희생이라고 단언(斷言)하기에는 좀 멋쩍다. 희생보다는 해야 할 도리였던 것이다. 좋아서 하는 일이라도 반대쪽 입장에선 좋지 않을 수도 있다는 것을 늦게야 깨닫는다. 무조건적인 사랑이 무조건적인 종속을 의미하진 않는다. 생각의 차이를 늘 염두에 두어야 한다. 하늘을 수놓던 안개구름이 빛나는 태양을 마주하지 않고 서서히 소멸하듯이, 적(籍)을 두고 있는 조직에서 인정받는 기쁨을 누리던 시대가 다시는 돌아오지 않는다는 것을. 변화 앞에 선 현실에 순응하며 개척해 나가야 한다. 존재의 이유에 대해 생각해 보는 시간이 필요하다. 삶의 뒤안길에 서서 후회하기보다, 좀 이른 시각에 깨닫는 것도 늦은 게 아니라며 자신을 다독여 본다. 흐렸던 하늘이 잿빛 구름을 거두고 바닷빛을 닮은 환한 미소로 다가온다. 남아있던 거먹구름 조각도 햇살 한 줄기에 고무된 듯 하얗게 빛을 발하기 시작한다. 잿빛 상념도 생각의 그늘에서 벗어나면 백옥같이 환한 깨달음으로 채워지는 것을. 석양의 역광이 바닷빛 하늘가에 닿아 은백색으로 빛난다. 산기슭에 살짝 걸터앉은 안개도 햇살 한 모금에 눈부신 한 송이 안개꽃으로 피어올랐다. 순수하고 소소(炤炤)하다. 순백의 안개꽃이 이렇게 아름다운 줄 예전엔 왜 몰랐을까.

송지연 │『월간문학』수필등단(2019년). 한국문인협회, 대표에세이 문학회 회원. E-mail: s1prin@hanmail.net

나는 □□□이다

2019
작고 문인
작품

재생인생 | 故 조성호

물총새 한 마리 | 故 김수봉

산촌의 오두막 집 | 故 한석근

재 생 인 생

故조성호

"저 땜질하는 할아버지는 필경 돌아가신 모양이여. 근래 통
안 뵈는 걸 보면."

우리 집에 들리는 사람들은 벽에 걸려있는 나의 사진 작품 〈재생인
생(再生人生)〉의 노인을 보고서는 곧잘 한 마디씩 던지고 그의 안부를
궁금해한다.

하이얀 턱수염이 곱살하니 잘 자라 있고 수건을 질끈 두른 거무스
레한 얼굴로 솔솔 연기 피우며 타오르는 화덕의 불길이며 도구, 일감
들을 그윽이 내려다보고, 왼손은 풀무질하고 오른손은 다 타들어 가는
담배를 무심히 손가락 새에 끼우고 늘어뜨린 모습의 땜질하는 노인을
우리 동네 사람들은 더욱이 부인들은 거의 다 알아보는 것이다.

두어 달에 한 번씩 꼬박 찾아와 우리집 바로 앞 나무 그늘에 진치고

188

2, 3일 동안 머물며 헌 냄비며 솥을 때우고, 우산, 양산 고쳐오기를 내가 알게 된 것만도 십 년이 넘었다.

"국전에 보내면 특선이든지 아니면 적어도 입선은 틀림없을걸?" 하고 나의 처녀작에 무던히 애정을 보내기도 하고 자랑스러워하기도 하는 것은 작품으로서의 가치보다 이 노인이 풍기는 면모와 사진의 분위기, 그리고 그와의 친근감 탓이리라.

노인이 사진 찍히는 걸 의식하지 못해 자연스러운 몸짓의 표정이고, 노인을 상징하듯 늙고 뒤틀린 나무줄기가 뒤 켠 한쪽에 있고, 뒤는 은은한 대폿집 곰보 담벼락이 부드러운 질감을 주고, 화덕에서는 막 피운 숯불에서 연기가 피어오르고, 손때 절고 헝겊을 덕지덕지 붙인 풀무와 크고 작은 무쇠나 양은솥이며 그릇들이 주위에 조화 있는 구도를 이룬 이 흑백 사진의 제목을 사진하는 이들은 〈작업(作業)〉이니 〈땜질하는 노인(老人)〉이란 평범한 이름을 선사하지만 나는 굳이 〈재생인생(再生人生)〉이라고 고집한다.

이제는 정년으로 그만 두어도 될 70노인이 정정하게 일하고, 노인의 궁상기가 없는 신신한 모습을 지켜보노라면 그는 인생을 다시 거듭 살고 있는 느낌을 받는다. 구멍 나고 부서져 별 쓸모없는 물건을 재생시키는 그의 직업은, 그 자신의 별 쓸모없어질 인생을 재생하기도 하는 재생인생인 것이다.

경로당에서 기웃기웃 얼찐대거나 다방에서 죽치고 있을 그런 기력

없는 노인이 아니다. 이 노인의 사진은 또한 흑백이어야 제격이기도 하다. 흘러간 추억의 영화는 흑백이어야 제멋 풍기듯 수수하고 담백한 흑백의 콘트라스트는 호화찬란하게 꾸민 칼라 사진의 혼란을 일깨우고 윽박질러 주기조차 한다(실제 후에 찍은 칼라 작품은 볼품없었던 것이다).

한 번은 그의 모습이 담긴 작은 사진을 드린 적이 있다.

"집에 가서 아들놈에게 보였다가 혼나기만 했지. 왜 창피하게 돌아다니면서 사진이나 찍히고 그러느냐고 말여. 제 깐에는 날 위한 답시고 날 가두고 꼼짝 못하게 하려고 하는 모양이지만 어림도 없지."

제 녀석들이 어찌 나의 즐겨하는 평생 직업을 이해하고, 나의 50여 년 천부적인 장인 기질을 이해해 주고, 나의 떠돌이 기질을 이해할 수가 있단 말인가. 저들이 이젠 밥술이나 먹고 집 지니고 살 만하니 애비가 돈 벌러 다니는 게 추해 보일 모양인데 나야 얼마나 떳떳하고 즐겁고 보람찬 일인고.

노인은 팔도강산 고을마다 골목마다 안 가본 데 없이 유랑다니고 돈 벌고 경험 쌓고… 후회할 틈도 없는 바쁜 인생이었노라고 회고한다. 더구나 예전같이 알뜰했던 아낙네들은 더 많은 일거리를 안겨 주었음에 틀림없었을 것이다. "요새 젊은 부인들은 조금만 틈이 나도 획 버리지만 어디 옛날에야……."

왜정시대는 물건 하나를 만들어도 완벽하도록 애썼는데 요즈음은 물건 대하는 자세가 되어 있질 않단다. 처음 것보다 나중 나온 물건이 질이 좋아지고 많이 팔리면 값도 떨어지는 법인데 근래에는 팔린다 싶으면 엉터리로 만들면서도 값은 오른다고 한탄한다. 조잡해진 우산을 폈다 접었다 수선하며 옛날 사람답게 요새 사람을 호통한다.

"한 번은 어느 고관 부인이 가져 온 외국제 고급 양산을 고쳐 준 적 있지. '비싼 건데 고칠 수 있느냐' 하고 거드름을 피우더란 말여. 펴보니 별게 아닌 간단한 것이었는데 소행이 괘씸해서 호되게 바가지 씌웠지. 헛헛."

수염을 쓰다듬으며 유쾌하게 웃는 모습은 순진하면서도 해학미가 넘친다. 같은 크기의 구멍을 때워도 가져 온 이의 옷차림새와 말씨에 따라 가격이 사뭇 달라진다. 자기 멋대로이다.

부인들이 몰려 와 이것도 때울 수 있어요? 저 빵구도 때울 수 있어요? 하고 수다가 만발할라치면, "예, 아무 빵구나 다 때웁니다. 솥 빵구 난 거, 냄비 빵구 난 거, 양재기 빵꾸 난 거, 처녀 빵꾸 난 거……" 하며 주워 섬긴다.

아마 빵꾸 난 재벌의 배나, 빵꾸 난 현대인의 양심까지도 다 때울 수 있을지도 모른다. 그런 평생을 정직하게 재미있게 꾸준하게 외곬으로 살아 온 장인이라면.

미원에 본 집을 둔 그 노인은 남모르게 송이 서식지에서 해마다 알맞게 여문 송이버섯 따듯 풀무동을 그 나무 그늘에 벗어 놓고 동네를 한 바퀴 돌면 기다리고 있었던 듯 너도나도 일감을 내어 주게 하는 무슨 비법을 지니고 있었던 모양이다.(몇 차례 50대쯤 낯선 사람이 동네를 몇 바퀴 돌고도 일감이 없어 다시는 안 나타난 적도 있었던 것이다.)

요즈음도 나의 사진을 보며 사람들은 바늘구멍만큼의 틈 때문에 못 쓰는 솥이며 살 부러져 버려야 할 우산 때문에 그를 필요로 하여 기다리기도 하고 막걸리 한 잔으로 목을 축이고는 작업하는 그의 온화한 모습을 되보기 위해서도 언뜻언뜻 그를 떠올리기도 한다.

그 노인이 앉았던 자리의 가로수에 낙엽이 져 내리고 나무와 대폿집 뒤로 한낮의 사르비아꽃이 사라져 내리듯 저녁노을이 짙게 물들어지는 황홀한 황혼을 맞고 있노라니, 이제 황혼의 그 노인은 사라졌을지라도, 그이 땜질 작업이 이제는 민속박물관에서나 만날밖에 없을지라도, 그를 필요로 하던 이들의 기억 속에서 살아 있고, 그의 사진 속에서 재생되어 살고, 그를 기리는 이 글에서 재생되어 다시 살아날 것 같기도 하다.

 조성호 | 『월간문학』 수필등단(1983년). 한국문인협회. 대표에세이 문학회 회원. 충북 청주 출생. 충북대학교 약학대 졸업. 뒷목문학회원. 동양일보논설위원. 청주시 영진약국 경영. 저서: 수필집 『재생인생』.

물총새 한 마리

故김수봉

　　가을도 짙어가는 어느 해질녘, 강가의 버드나무 잎 긴 가지에 물총새 한 마리가 앉아 있다. 고개도 갸웃, 날개도 포르르, 머리 숙여 물속도 이윽히 들여다본다. 무엇을 생각하는 걸까. 내 낚시터의 붕어를 넘보는 것일까. 그러나, 물총새는 작은 물고기를 먹고사는 놈이기에 나와는 무관하다. 푸른 깃털에 잘록한 꼬리, 참새보다도 작을 것 같은 몸매에 부리만 뾰족 길다. 그 푸른 빛은 가을 하늘보다 짙고 번쩍번쩍 빛난다. 그래서 이름하여 비취였을까. '비취'란 보석 이름이 먼저였을까.

　어느 여름날 시내를 걷다가 물총새 한 마리를 보았다. '애조원(愛鳥苑)'이라는 간판이 붙은 가게였는데 금붕어와 열대어 그리고 여러 가지 새들을 파는 집이었다. 물총새는 새장 안에 갇혀, 만들어준 나뭇가지에 앉아 있었다. 그리고 그 앞에는 금붕어 새끼 한 마리를 담은 작은 어항이 놓여 있었다. 주인이 물총새의 먹이로 넣어준 것이리라. 그러나 물총새는 결코 금붕어를 찍어 먹을 것 같진 않았다. 어쩌다가 고개를 갸웃, 무엇을 생각하는 것 같기도 하고 갇혀 있는 것 같은 처지를 생각하는 것도 같았다. 좁은 어항에서 작은 지느러미만 하느작거릴 뿐, 꼼짝 않고 있는 금붕어 새끼는 또 무엇을 생각하고 있었을까.

어려서 나는 물총새잡이를 해본 적이 있다. 저수지가의 나뭇가지에 앉아 있는 물총새의 날개 빛이 그렇게 고왔었다. 나무 위에 앉았다가, 혹은 공중에 떠서 물속의 새끼 고기를 노리다간 쏜살같이 내리꽂혀 고기를 찍어 올리는 기술에 감탄도 했었다. 저수지 무덤 아래 물 괸 곳에는 피라미가 많았다. 손을 움켜 피라미 한두 마리를 잡는다. 이것을 산 채로 두어 발 길이의 실에 묶는다. 물총새잡이 덫을 만드는 것이다. 물총새가 잘 앉는 나뭇가지를 알아놓고 그 아래 물속에 묶은 피라미를 놓아둔다. 한쪽 실 끝은 돌멩이에 매달아두고, 그리고는 언덕 밑에 숨어서 머리만 내밀고 언제까지나 물총새가 날아올 때를 기다렸다.

드디어 물총새가 날아와 그 나뭇가지에 앉는다. 고개를 갸웃 갸웃, 그러나 별로 주의력은 없는 새인 것 같았다. 물속에서 피라미를 발견하고는 곧장 찍어 올린다. 실이 매달린 것도 아랑곳하지 않고, 그러나, 어떤 때는 덫이 된 피라미를 좀처럼 찍어 올리지 않는다. 아직 보지 못한 건지, 보고도 먹을 생각이 없는 건지, 그러면 나는 안타깝게도 침을 삼키며 기다려야 했다. 피라미를 찍어 올린 물총새는 실이 달린 채 꿀꺽 삼킨다. 피라미가 큰놈이기라도 하면 쩝쩝 고개를 내둘러가며 삼키려 한다. 사람이 입 안 가득 음식을 넣고 꾸역구역 삼키듯이, 결국은 그 좁은 목구멍으로 넘어간다. 그리고 이내 푸드득 날아가려 하나 돌에 매달린 실은 물총새를 실로 묶어 집에서 기르려 했다. 더 열심히 피라미를 잡아다가 먹이로 주었다. 그러나, 물총새는 잡아다 준 피라미를 먹으려 들지 않았다. 며칠을 먹지 않고 있는 물총새가 안타까왔다. 물총새는 힘이 다 빠진 듯 날 것 같지도 않았다. 그래서 잡고 있던 실 끝을 은근히 놓아줘 보았다. 그리고 날아 보라, 날아보라는 듯 손짓을 했다.

멀뚱히 눈을 뜨고 있던 물총새가 처음에는 푸득 푸드득, 이내 훨훨 날아 멀리 숲 속으로 가버렸다. 나는 순간 아깝고 분했으나 이왕 날아가 버린 것 발목의 실이나 아주 풀어줄 걸 하고 후회했다. 그 실이 다시 어느 나뭇가지에 감겨버리지나 않을 것인가. 그러나 하늘의 자유를 얻은 물총새는 그동안의 배고픔도 잊은 채 안간힘으로 날아갔던 것이다.

'애조원'의 장안에 갇힌 물총새는 며칠이나 굶었을까. 주인이 차려주는 화려한 금붕어 식단을 앞에 놓고도 배고픔을 참아야 하는 물총새, 참다가도 언젠가는 찍어 먹힐지도 모른다는 두려움에 바르르 떨고 있는 것 같은 작은 금붕어의 지느러미 짓. 사람들이 생각한 것처럼 더 배가 고프면 제놈이 끝내는 먹고야 말 것인가.

요즘 세상엔 보기마저 어려워진 물총새. 도시 속에는 더욱 귀한 애완 물이고 감상 물이다. 그 찬란한 푸른 빛 깃털, 흔한 참새를 보는 것보다 몇 곱절 더 특이하고 멋들어지게 생긴 새. 그 물총새가 차려주는 식단의 금붕어를 긴 부리로 촉촉 찍어먹을 때 사람들은 희한해하고 박수 치며 기뻐할 것이다. 동물원 우리 안에서 사자에게 던져주는 토끼라도 연상하면서…. '애조원' 주인은 또 잘 훈련된 물총새를 좋은 사람 만나 비싼 값에 흥정도 할 것이고. 그러나 물총새는 결코 금붕어를 찍어먹진 않을 것 같았다.

내 어린 시절, 덫으로 놓은 물고기는 찍어 먹어도 잡아다 준 피라미는 먹지 않았던 그 물총새는, 자유가 배고픔보다 낫다는 것을 너무나 잘 아는 놈일 것 같으니까. 나는 어려서나 지금이나 물총새가 떼지어 다니는 것을 못 보았다. 언제나 한 마리였다. 그래서 외로와 보이기만 하는 새였다. 그러나, 그 외로움이란 여러 무리로부터 속박을 벗어남인지도 모른다. 완전한 자유, 물총새는 완전한 자유를 누리는 새이리라. 『장자(莊者)』에 이런 말이 있다.

'고기를 잡아놓고 물을 조금씩 부어주면 목마름을 적셔주는 고마움을 알지만 강물에 놓아주면 누구의 덕으로 사는지를 잊어버린다.' 시혜(施惠)란 베푸는 자가 누리는 자기 기쁨의 특권일 뿐일지, 받는 자의 영원한 즐거움은 결코 아닐 것이다.

 김수봉 | 『월간문학』 수필 등단(1984년). 조선대 국문과 졸업. 광주문인협회 회장. 무등수필회장. 한국문협이사 역임. 수상 : 현대수필문학상, 광주문화예술상, 소월문학상 등. 저서 : 수필집 『전라도 말씨로』『삼밭에 죽순나니』 등 8권.

산촌山村의 오두막 집

故한석근

　　겨우내 얼었던 골짜기의 살얼음이 3월의 양광(陽光)에 몸살을 하며 골짜기마다 물 흐르는 소리가 가득해진다.

　지난해 산비탈을 개간해 약초를 심어 제법 짭짤한 재미를 보았다는 울릉도 원주민들은 올해도 해빙기를 틈타 벌써 성급한 사람들은 삽과 괭이를 지게에 올려놓고 솔밭머리를 돌아 비탈이 심산 경작지에 오른다.

　산세가 험한 탓으로 여간 개간사기가 힘겹지 않다. 그래도 화산토의 비옥한 토질 때문에 곡식과 약초는 해마다 풍년을 약속한다.

　올해도 작년에 비해 훨씬 많은 면적을 경작지로 잡았다는 저동에 사는 농민의 얘기를 들으며 가파른 산길을 오른다. 울릉도에 사는 주민들은 농사를 짓는 농민과 오징어를 잡는 어민으로 구분되지만 따지고 보면 농사를 짓거나 고기를 잡거나 가릴 것이 없다. 주경야어(晝耕夜

漁), 낮에는 농사를 짓고 밤에는 바다에 나가 오징어를 잡는다.

이곳에서는 어부라고 하여 특별히 고기 잡는 기술이 있는 것이 아니다. 창창한 바다의 물굽이에 배를 띄우고 흔들리는 뱃전에 기대어 멀미만 하지 않으면 누구든지 오징어를 잡는 어부가 될 수 있다. 그러기에 일석이조(一石二鳥)로 울릉도 사람들은 생활이 윤택하고 여유가 있다. 반면 외지에서 들어온 뜨내기 뱃사람들은 먹고 쓰는 가락이 좋아 풍어기가 지나면 언제나 빈털터리가 된다. 한탕주의로 사는 그들에게는 울릉도민들같이 튼튼히 뿌리내린 생활 기반이 없기 때문이다. 흉어기에는 농사를 지어서 먹고살기라도 하지만 뜨내기들은 그렇지 못하다. 오징어의 만선의 꿈을 꾸는 뱃사람들에게는 농사일이 몸에 맞지 않는다.

산촌의 봄은 비교적 다른 곳보다 빠르게 다가오므로 농사를 짓는 농민들은 한눈팔 겨를이 없다. 이미 얼었던 고드름이 녹아내리고 지표가 봄햇살에 물러 질척거리면 씨 뿌릴 시기를 바삐 서두른다.

어느 곳보다 울릉도의 비옥한 땅과 풍부한 수원은 가는 곳마다 용출수가 맑게 흐른다. 그래서 울릉도에서는 등산을 할 때는 수통(水桶)이 필요없을 만큼 깨끗한 물이 일년 내내 흐른다.

높은 산과 울창한 산림 속에는 많은 날짐승이 서식하지만 맹수와 뱀이 없는 것이 특징이다. 흑비둘기를 비롯한 58종의 조류가 서식하는 산속에는 이 지방 특산물인 솔송나무가 아름드리로 서 있는 곳이 많다.

198

산촌에 오면 늘 그렇듯이 자랄 때 야산을 뛰어다니며 토끼를 잡던 유년 시절이 생각나서 마음은 지금도 동심으로 돌아간 듯 즐겁기만 하다. 보이는 것마다 정겹고 아름답다. 자연 속에는 어느 것 하나 미운 게 없이 다정하게 느껴진다.

봉래폭포(峰來瀑布)를 오르다 산비탈 한곳에 오두막집 한 채가 외롭게 있어 집안으로 들어서니 인기척이 없다. 어쩐 일인지 사람이 살고 있음이 분명한데 너무 초라하게 느껴진다. 뒤란을 기웃거리다 방문 앞에서 인기척을 들으니 감감 무소식이다. 기침을 두어 번 한 후 방문을 밀치니 방안은 그을음과 땟자국이 꾀죄죄한 옷가지들이 걸려 있어 필시 홀아비가 살고 있는 것 같았다. 행여 늙은 홀아비가 짝을 잃고 자식도 없이 혼자 외로운 생을 꾸려가는 것은 아닐까 싶은 공연한 생각도 들었다.

방문 앞에서 축대를 내려서서 사방을 돌아보니 쥐 죽은 듯 고요하고 인기척 하나 없는 산속에 미아인 듯 혼자 외롭다. 마당에 자리를 잡고 코펠을 차려 불을 피운다. 산수가 부엌 앞까지 끌어와 끊일 줄 모르고 흐르고 흐른다. 쌀을 씻어 밥을 올려놓고 턱마루에 주저앉아 하릴없이 사념에 젖는다.

(누구랑 이 외진 곳에서 살까? 아니면 혼자서일까?)

궁금증이 더욱 깊어져 허리를 구부려도 겨우 들어갈 만한 작은 방문이

하나 있어 왠지 그 안을 보고 싶어서 문을 열었다. 어둑한 방안은 한동안 아무 것도 보이지 않더니 차츰 보이는 사물들에 소스라치게 놀랐다.

"그러면 그렇지!"

신이 들린 점쟁이 집이었다. 벽에다 희한한 것들을 울긋불긋 붙여 놓고 고물상(床) 위의 놋그릇과 이빨 빠진 사기그릇 속에는 쌀이 담겼다. 켜다 만 양초 토막이 쭈그러진 촛대에 붙어 있어 더욱 분위기가 을씨년스럽다. 어디선가 무당의 옷을 입고 너울너울 춤을 추며 요령을 흔드는 산발(散髮)한 여인이 다가오는 환영을 보는 듯하다.

돌아가신 고모님은 울산에서도 이름 있던 큰 요정을 운영했다. 어느 날 우연스럽게 공진(점쟁이들이 말하는 선생)이 나타나서 신을 내렸다. 그 뒤부터 실성한 사람같이 방안에 온갖 조화를 만들어다 올려 놓고 알아들을 수 없는 말을 숙설거렸다. 나중에는 요정 운영도 팽개치고 일주일씩 무당패와 어울려 푸닥거리를 나다녔다. 자연 장사는 표 나게 매상이 떨어지고, 주방을 맡고 있던 고약한 아낙 때문에 거덜나고 말았다. 그 후 혼자서 남의 셋방살이로 전전하다 유언(遺言) 한 마디 남기지 못하고 저녁 잘 먹고 자는 잠결에 운명하고 말았다. 초라하고 허무한 한 생애를 살다 간 고모님의 남루한 경우 같아서 예사롭게 보이지가 않았다.

"무얼 그렇게 골똘히 생각하십니까?"

내 어깨를 끌어당기며 친구는 안쪽을 들여다보고 얼굴을 외면해버

200

린다. 빨리 이쪽으로 나오라고 손짓하는 권유에 못 이겨 마당으로 내려섰다. 아침에 부식가게에서 사온 상추를 산수에 씻으며 나를 이상하게 쳐다본다. 무당의 아들같이 혼 빠진 사람 같다고 핀잔을 했다.

집에서는 대개 한 그릇의 밥을 먹고 나면 배가 불러서 더 먹지를 못하는데 야외에서 밥을 지어먹을 때는 무한정으로 먹혀서 배가 복어같이 팽팽해 숨쉬기도 불편하다. 등산을 마치고 산길을 내려오면서 보니 낮에 들렀던 산촌의 오두막집이 나를 향해 머물다 가라고 손짓을 하고 있었다.

한석근 | 『월간문학』 수필 등단(1988). 『시대문학』 시부문 등단. 경남수필문학회, 처용수필 문학회장, 울산시인협회장, 울산문수필담동인 회장 역임. 수상 : 동포문학상, 한국수필문학상, 영호남수필문학상. 저서 : 수필집 『봄버들 연가』외 12권, 시집 『문화유적답사시』외 3권.

나는 [네모] 이다

정목일 김 학 이창옥 지연희 권남희 고재동 이은영 김사연
정인자 윤영남 류경희 조현세 김지헌 정태헌 김선화 박경희
청정심 김윤희 김현희 옥치부 김상환 곽은영 김경순 허해순
허문정 김진진 전영구 김기자 김영곤 전현주 김정순 강창욱
신순희 박정숙 최 종 김순남 조명숙 백선욱 이재천 신삼숙
정석대 송지연

2019년 대표에세이 수필모음집

나는 ☐ 이다

네모